110669889

Peligroso y sexy

# FIONA BRAND

Editado por HARLEQUIN IBÉRICA, S.A.
Núñez de Balboa, 56
28001 Madrid

I.S.B.N.: 978-84-687-3622-8
Depósito legal: M-26936-2013
Editor responsable: Luis Pugni
Fotomecánica: M.T. Color & Diseño, S.L. Las Rozas (Madrid)
Impresión en Black print CPI (Barcelona)
Fecha impresion para Argentina: 2.6.14
Distribuidor exclusivo para España: LOGISTA
Distribuidor para México: CODIPLYRSA
Distribuidores para Argentina: interior, BERTRAN, S.A.C. Vélez
Sársfield, 1950. Cap. Fed./ Buenos Aires y Gran Buenos Aires,
VACCARO SÁNCHEZ y Cía, S.A.

# *Capítulo Uno*

El cabello oscuro recogido en un elegante y clásico moño, unos ojos exóticos del verde cambiante del mar, un cuerpo delicado y con curvas que le despertaba un deseo ardiente...

Una llamada a la puerta de la suite de lujo del hotel de Sídney despertó bruscamente a Zane Atraeus de un sueño perturbador.

Protegiéndose los ojos de la luz que inundaba el dormitorio, se levantó de la cama, se puso los vaqueros que había dejado sobre la silla, se pasó los dedos por el cabello y fue a abrir.

Solo entonces recordó el email que su hermanastro le había enviado con la confirmación de que Lucas había comprado un anillo de compromiso para una mujer a la que Zane sabía que su hermanastro apenas conocía: Lilah Cole, la mujer a la que él deseaba en secreto desde hacía dos años.

Su estado de ánimo, que desde que había descubierto que Lucas planeaba casarse con Lilah, estaba alterado, se tornó en enfado al fijarse en la decoración barroca de la suite. Aquel estilo recargado y pretencioso era diametralmente opuesto al de su exótica y austera casa en la isla mediterránea de Medinos. Las arañas de techo y los cortinajes drapeados de color turquesa solo servían para recordarle que sus orígenes no tenían nada que ver con todo aquello.

Cuando ya cruzaba la sala, oyó la puerta abrirse, y Zane vio entrar a Lucas.

Diez años antes, en Los Ángeles, se habría tratado de un asalto, pero estaba en Australia y aquel era uno de los hoteles de la cadena de lujo de su padre, Atraeus Group, y era lógico que Lucas tuviera acceso a la suite.

–Podías haber llamado –dijo Zane.

Lucas cerró la puerta y dejó la tarjeta de apertura en la mesa de la entrada.

–He llamado, pero no has contestado. ¿Te acuerdas de Lilah?

La razón por la que Zane estaba allí en lugar de en Florida, cerrando un acuerdo crucial.

–¿Te refieres a tu prometida? –la seductora belleza con la que había estado a punto de pasar una noche de pasión hacía dos años–. Sí, la recuerdo.

–Todavía no se lo he pedido –dijo Lucas con gesto contrariado–. ¿Cómo te has enterado?

–Por mi nueva ayudante, que, como recordarás, trabajó antes contigo.

Zane había encontrado a Elena admirando embelesada el anillo en la pantalla del ordenador. Era evidente que Elena seguía ocupándose de hacer las compras personales de su hermanastro.

–Ah, Elena –dijo Lucas, mirando a su alrededor con indiferencia.

Irritado, Zane fue hacia la cocina. Al pasar junto

a un espejo de marco dorado, se vio reflejado en él: moreno, de piel tostada, con un torso musculoso en el que se apreciaban varias cicatrices, y con tres aros de plata en la oreja, vestigio de una juventud desaprovechada.

En el ostentoso marco de la suite, parecía un bárbaro, vagamente siniestro. Al revés que sus dos hermanastros, de belleza clásica.

Llenó un vaso con agua del frigorífico y bebió lentamente. El frío líquido no logró ahogar los celos irracionales que lo poseían cada vez que pensaba en Lucas y Lilah como pareja.

Dejó el vaso vacío con firmeza.

–No pensaba que Lilah fuera tu tipo.

Por muy hermosa y exquisita que fuera la principal diseñadora de joyas de Ambrosi Pearls, Zane sabía que Lilah también era una mujer calculadora que estaba decidida a encontrar el marido perfecto. Dos años antes, cuando se habían conocido en la cena anual del baile de beneficencia de la asociación para niños sin hogar que él patrocinaba, había sido testigo de la sutil aproximación de Lilah al rico jefe de su acompañante. Y Zane había acudido al rescate del inocente anciano, ahuyentando a Lilah.

Desafortunadamente, la situación había derivado de forma inesperada cuando Lilah y él habían acabado en un salón privado y él había caído en la tentación de besarla. Un beso siguió a otro, y el fuego que prendió entre ellos amenazó con calcinarlos.

Dado que había descubierto las intenciones de

Lilah y que no era el tipo de mujer que solía atraerlo, aquella pérdida de control seguía dejándolo perplejo. De no haber sido interrumpidos por su anterior ayudante personal, podía haber cometido un terrible error.

Lucas, que lo había seguido a la cocina, escribió un número de teléfono en una tarjeta de visita que dejó sobre la encimera.

–Lilah va a acompañarme a la boda de Constantine. Parto a Medinos en unas horas, y ya que estás aquí… –Lucas frunció el ceño–. Por cierto, ¿no estabas en medio de unas negociaciones?

–Me he tomado un par de días –dijo Zane.

Lucas abrió el frigorífico y Zane vio que su ayudante, además de abastecerla de zumos, quesos y patés, había incluido fresas cubiertas de chocolate.

Lucas miró la etiqueta de una botella de champán.

–Buena idea –dijo–. No hay nada mejor que dejar en suspenso un acuerdo para acelerar la venta. ¿Te importa que coma algo? No he desayunado.

Zane supuso que había estado demasiado ocupado con una mujer u otra como para pensar en comida. Por lo que sabía, su hermano mantenía un romance secreto con Carla Ambrosi, la relaciones públicas de Ambrosi y hermana de la futura mujer de su hermano, Constantine.

–Ostras –dijo Lucas arqueando una ceja–, ¿esperas a alguien?

Zane miró el plato con ostras y rodajas de limón.

–Que yo sepa, no. Toma lo que quieras.

«Incluida mi chica», le pasó por la cabeza. El pensamiento lo sorprendió, porque entre sus intenciones nunca había estado la de comprometerse. Y menos con alguien como Lilah. Desde los nueve años, las relaciones le habían resultado difíciles.

Tras ser abandonado por una madre caprichosa, que se había casado varias veces, tenía problemas con las mujeres, especialmente con las que buscaban maridos ricos.

Lucas inspeccionó el cuenco con fresas.

—¿No te importa que Lilah vaya a la caza de marido?

—Al contrario, me admira lo claras que tiene las cosas —dijo Lucas, haciendo una mueca.

Zane apretó los puños. Desde que había decidido que Lilah era suya, no podía sacarse esa idea de la cabeza. Al contrario, cada vez se hacía más sólida.

Lucas seleccionó la fresa más grande.

—Lilah tiene miedo a volar. Por eso he pensado que, ya que vas a pilotar el avión de la compañía, podías llevarla contigo a Medinos.

Zane apretó los dientes. Era humillante que Lucas asumiera que llevaría a Lilah dócilmente a su lecho.

Se concentró en la primera parte del comentario. Conocía a Lilah desde hacía dos años y no sabía que temiera volar.

—Por curiosidad, ¿desde cuándo la conoces? —preguntó, irritado. Lilah tampoco había mencionado jamás a su hermano.

—Desde hace una semana, más o menos.

Zane se quedó paralizado. Conocía la agenda de Lucas. Todos ellos habían tenido que modificar sus planes al morir Roberto Ambrosi, el miembro de una acaudala y poderosa familia de Medinos caída en desgracia. El grupo Atraeus se había visto forzado a firmar un acuerdo con Ambrosi Pearls, que estaba prácticamente en bancarrota. El intento de Roberto de plantear una compra hostil para recuperarse de las deudas había sido abortado cuando Constantine sorprendió a todo el mundo al anunciar su compromiso con Sienna Ambrosi. La noticia había contribuido en gran medida a mejorar la relación entre las dos familias.

Zane sabía que, aparte de un par de breves visitas en las últimas semanas, una de ella para acudir al entierro de Roberto, Lucas había estado en el extranjero, y que había llegado a Sídney el día anterior.

Él había pasado casi toda la semana anterior en Sídney para asistir a la reunión anual de su ONG. Como siempre, Lilah, que ayudaba con la subasta de arte, se había mostrado cordial y reservada.

–¿Por qué no llevas tú a Lilah?

Lucas se concentró en la selección de otra fresa.

–Es un tema peliagudo.

Zane comprendió súbitamente.

–Es vuestra primera cita –dijo.

–Necesitaba a alguien –dijo Lucas con un brillo en la mirada, confirmando su suposición–. Después de repasar la lista, creo que Lilah es perfecta. Es inteligente, atractiva, con la cabeza sobre los hombros…

–¿Y Carla?

Lucas devolvió la fresa, soltándola como si le hubiera quemado. Zane pudo completar el puzle y se enfureció.

–Sigues viéndola.

–¿Cómo lo sabes? –Lucas dejó el cuenco y cerró la puerta del frigorífico–. Te equivocas. Lo hemos dejado.

Súbitamente la repentina relación con Lilah tenía sentido. Cuando Sienna se casara con Constantine, Carla prácticamente sería de la familia. Si se descubría que Lucas se había acostado con Carla, intentarían forzarlo a que se casara con ella. Estaba utilizando a Lilah.

Así que el amor no tenía nada que ver con aquello.

Si Lucas hubiera amado a Lilah sinceramente, Zane se habría retirado. Pero no era así. Lucas, que años atrás había pasado por la horrible experiencia de que su novia muriera en un accidente de coche tras haberse peleado con él por haberse sometido a un aborto secreto, estaba usando a Lilah para evitarse una situación incómoda.

Por muy calculadora que Lilah fuera, no se merecía estar en medio de un enfrentamiento entre Carla y Lucas.

Una inmensa sensación de alivio le permitió relajarse parcialmente. No creía que Lilah se hubiera acostado con su hermano. Y eso, era para él un factor muy importante.

–Está bien. Yo me ocupo.

Lucas lo miró agradecido.

–Gracias, no te arrepentirás.

Pero Zane no estaba tan seguro. Lucas no tenía ni idea de que acababa de ofrecerle una tentación a la que llevaba dos años resistiéndose.

Lilah Cole accedió al avión privado del nuevo dueño de Ambrosi Pearls con el corazón acelerado. La azafata, una bonita rubia llamada Jasmine, la acompañó a su asiento.

Lilah dejó el bolso de cuero blanco, a juego con los vaqueros y la camisa holgada, y sacó una carpeta forrada de cuero, también blanco. Comprobar que estaba sola, en lugar de encontrarse, tal y como había temido, con el más joven e independiente de los hermanos Atraeus, Zane, le permitió relajarse.

Un cuarto de hora más tarde, cuando los motores comenzaron a rugir y la lluvia que salpicaba las ventanas le cegaba la visión de la pista, seguía siendo la única ocupante de la lujosa cabina, y Lilah se abrochó el cinturón intentando convencerse de que no se sentía desilusionada.

No le gustaba volar porque odiaba asumir riesgos. Igual que en lo relativo a sus relaciones, le gustaba tener los pies sobre la tierra. Tratando de abstraerse del despegue y del video de seguridad que se proyectaba en una pantalla, abrió la agenda para estudiar los perfiles que había recopilado.

Las mujeres Cole tenían un llamativo historial de amores apasionados y desastrosos. Por ello, y consciente de que llevaba en los genes la misma tendencia bohemia y artística que su madre y su abuela, Lilah había desarrollado un sistema para evitar lo que solía llamar El Gran Error.

Se trataba de un plan de boda que le aportaría la felicidad a largo plazo. Cuando finalmente se entregara a un hombre, lo haría dentro de una relación estable, no como resultado de un apasionado romance. Ella quería casarse, tener hijos, y crear el ambiente estable que tanto había ansiado tener de niña. Estaba decidida a que sus hijos tuvieran un padre y una madre cariñosos, y no solo una madre permanentemente estresada.

Durante los tres años anteriores, y a pesar de haber entrevistado a numerosos candidatos, no había encontrado al hombre que reuniera las características necesarias para ser un buen esposo y que al mismo tiempo la atrajera físicamente. El aroma había resultado ser clave para determinar con quién podría mantener una relación íntima. No se trataba de que los hombres que había conocido olieran mal, sino que a un nivel sutil, su aroma corporal no era el adecuado para ella. Sin embargo, las circunstancias acababan de dar un giro positivo.

Lilah revisó las notas que había tomado sobre su nuevo jefe y las comparó con el sistema de puntuación que había extraído de una página web de contactos, y se alegró de ver que cumplía casi todas las características a tener en cuenta.

En el papel, era el hombre perfecto. Era espectacularmente guapo y usaba una colonia que le gustaba. Tenía los rasgos marcados y el tono moreno que encontraba irresistibles en un hombre, pero al mismo tiempo reunía todas las características del marido ideal. Por primera vez coincidía con un hombre que era su tipo, pero que también era estable y de confianza. No tenía nada que perder.

Estaba encantada de que la hubiera invitado a una boda de la familia. Aunque se tratara de una cita que tenía sus riesgos, era lo mejor que le había pasado en mucho tiempo, y cumplidos los veintinueve años, su reloj biológico estaba en plena marcha.

No conocía bien a Lucas. Se habían visto en el trabajo y un día, mientras almorzaban, él le había dicho que no solo necesitaba una acompañante para la boda de su hermano, sino que estaba interesado en una relación con vistas al matrimonio.

Lilah sabía que, al igual que ella, Lucas no había caído rendido por una ciega pasión física. Prefería tratar el asunto con la cabeza fría. Por eso había decidido que debía enamorarse de él.

Miró el reloj y frunció el ceño al darse cuenta de que despegaban antes de lo establecido, al tiempo que reprimía un suspiro de desilusión al ver que Zane no llegaba tiempo.

El despegue fue azaroso a causa del viento y la lluvia. Una vez el avión se estabilizó, Lilah intentó calmarse, aunque el tranquilizante que había tomado antes de salir de casa no pareció hacerle efecto.

La azafata apareció y le ofreció algo de beber. Lilah aprovechó para tomar otro tranquilizante, y ya empezaba a quedarse dormida cuando un trueno sacudió el avión y, al tiempo que estallaba un relámpago, se abrió la cabina del piloto y Zane Atraeus, alto, de hombros anchos y vestido de negro, apareció recortado contra el marco de la puerta.

El avión dio un salto y la carpeta de Lilah cayó al suelo, dejando varios papeles esparcidos. Entre ellos, Lilah identificó al instante el rostro tallado de piel dorada de Zane, que había pintado tantas veces a ciegas en los dos años anteriores. Hasta las imperfecciones, los aros de plata y la nariz que parecía haberse roto, resultaban... perfectas.

Lilah parpadeó, y solo cuando lo vio moverse hacia ella supo que no se trataba de uno de los vívidos sueños que la habían perturbado desde El Desliz, cuyos detalles habían quedado grabados a fuego en su mente.

—Creía que habías perdido el vuelo.

—Nunca pierdo un vuelo si lo piloto —dijo él, clavando sus ojos oscuros en ella con tal intensidad que Lilah sintió un vacío en el estómago.

Al ver que la hoja de la carpeta que había quedado a la vista era la del Plan de Boda, fue a agacharse para recogerla, pero el cinturón se lo impidió. Antes de que pudiera soltarse, Zane había recogido la carpeta y los papeles, y aunque se los dio con gesto impasible, Lilah tuvo la seguridad de que se había hecho una idea de qué trataban.

—No sabía que supieras pilotar —dijo ella, guardando los papeles precipitadamente.

—No suelo anunciarlo públicamente.

Al contrario, pensó Lilah, de lo que hacía con las fiestas a las que acudía regularmente, siempre rodeado de espectaculares modelos. Volar encajaba en su amor por los deportes extremos: buceo, surf y *snowboard*. Es decir, cualquier cosa que exigiera una alta dosis de adrenalina.

A la vez que Lilah guardaba la carpeta en el bolso, se dio cuenta de que no tenía ni idea de qué le gustaba hacer a Lucas fuera del trabajo, y se dijo que debía enterarse.

Zane se quitó la chaqueta y la dejó sobre el brazo del asiento que quedaba al otro lado del pasillo.

—¿Desde cuándo te da miedo volar?

Lilah apartó la mirada de su torso, cuyos músculos se percibían a través de la camiseta negra ajustada, y creyó percibir, por debajo de un suave perfume a sándalo, el olor de su piel.

El súbito recuerdo de la noche del desliz la asaltó. Nunca olvidaría el instante en el que al acercarse a él había olido por primera vez el aroma limpio y exótico de su piel, con toques de sándalo. Nada más besarla Zane, su sabor la había embriagado, y pronto estaban echados en un sofá. Sin saber cómo y sin que le importara, la parte de arriba de su vestido se había deslizado hacia arriba. Zane había atrapado uno de sus pezones entre los labios y la tensión había sido como ser atravesada por un hilo incandescente. Recordaba haberse asido a sus hombros, la sensación de que la cabeza le daba vueltas, el ciego placer. De no haberse abierto la puerta en aquel momento y haber aparecido la acompañante de Zane, una preciosa pelirroja llamada Gemma, que antes había sido su ayudante personal, Lilah estaba segura de que habrían hecho el amor. Pero al oír la puerta, se habían incorporado de un salto. Ella se había cubierto y, para cuando encontró el bolso debajo del sofá, Zane se había marchado con Gemma tras despedirse con un crispado: «Buenas noches».

El silencio que sucedió a su partida reverberó en la cabeza de Lilah como un aldabonazo, y el que Zane no sugiriera volver a verse, le confirmó que para él no había sido más que un instante de pasión.

Zane solo había querido sexo rápido, y con toda seguridad pensaba que era una mujer fácil. Por su parte, ella había roto todas las reglas por las que se había regido los últimos doce años.

Finalmente se convenció de que lo mejor que podía pasarle era que Zane no intentara localizarla puesto que, por muy atractivo que fuera, no tenía el menor interés en mantener una relación seria.

La sacudida de un nuevo trueno la devolvió al presente. Solo entonces se dio cuenta de que Zane esperaba una respuesta.

–Siempre me ha dado miedo volar.

Zane se sentó a su lado y le tomó la mano.

–¿Qué haces? –preguntó ella.

–Calmarte. Es el mejor sistema.

Lilah sintió un cosquilleo recorrerla.

Zane, el indómito hijo ilegítimo de Atraeus, era conocido en las revistas del corazón por haber hecho desgraciadas a decenas de mujeres. Y Lilah había experimentado por sí misma cómo lo conseguía. Intentó retirar la mano, pero él la asió con fuerza.

–¿No deberías volver a la cabina?

–Está el copiloto, Spiros. Todavía no me necesita –aclaró Zane.

–¿Cuánto dura el vuelo? –preguntó Lilah.

–Unas veinticuatro horas. Aterrizaremos en Singapur para repostar. ¿Por qué vas a Medinos si no te gusta volar?

Lilah se sintió mareada y, aunque temió que fuera un efecto del perfume a sándalo, recordó que se había tomado dos sedativos.

–Quiero organizar mi vida. Tengo veintinueve años.

No comprendía por qué había dicho su edad. La mente se le estaba nublando. Dio un prolongado bostezo y oyó a Zane preguntarle en tono preocupado:

–¿Qué has tomado?

Lilah entornó los ojos a la vez que le daba el nombre de las pastillas.

–Son muy fuertes. Mi padre me dio una cuando vino a por mí a Los Ángeles para llevarme a Medinos. Yo también tenía miedo a volar –dijo él.

La fascinación que Zane despertaba en Lilah, su voz, su contradictorio carácter, lograron que se mantuviera despierta. Había leído sobre su infancia en la página web de su ONG. Una de las cosas que admiraba de él era que no ocultara su pasado, porque con ello pretendía ayudar a los niños sin hogar.

–Puedes apoyar la cabeza en mi hombro.

Lilah pensó que era una oferta peligrosa. Pero también lo era apoyarse en la ventana. ¿Y si se abría?

–No –dijo, esforzándose por mantenerse erguida–. Eres más amable de lo que pensaba.

–Me conoces desde hace dos años. ¿Cómo creías que era?

Lilah parpadeó para mantener los ojos abiertos. ¿Cómo creía que era? Tal y como lo había encontrado la noche de la cena de gala: peligroso, sexy, irresistible.

Hizo un esfuerzo sobrehumano para acallar sus pensamientos, y para arrinconar el recuerdo de aquella fatídica noche intentó pensar en algo agradable que decir. Los Atraeus habían pasado a ser sus jefes, Zane incluido, así que tendría que acostumbrarse a verlo. De hecho, si se casaba con Lucas, sería su cuñado. Y en cuanto ese pensamiento le pasó por la mente se le formó un nudo en el estómago.

–Para empezar, pensaba que te caía mal.

–Eso, ¿antes o después de lo que pasó en el sofá?

Lilah sintió que se ruborizaba hasta la raíz del cabello. Zane sabía que, de no haber entrado Gemma, habría estado dispuesta a cometer una locura.

–Me sorprende que lo recuerdes.

–Lucas no va casarse contigo.

El súbito cambio de tema hizo que Lilah abriera los ojos completamente y, al ver la expresión sombría de Zane, estuvo a punto de olvidar lo que iba a decir.

–La decisión no depende solo de él –dijo, a la defensiva.

–Elige a otro.

A Lilah se le aceleró el corazón. Por un instante había creído que Zane iba a decir: «Elígeme a mí».

Lilah sabía desde joven que había algo en su físico, quizá la combinación de unos ojos rasgados, sus pómulos o sus labios, que los hombres encontraban sexualmente atractivo. Pero nunca había pensado que Zane pudiera estar particularmente interesado en ella. Sin embargo, el tono que usó le hizo pensar que la deseaba.

–¿Qué derecho crees que tienes para…?

–Este…

Zane la tomó por la barbilla y la besó. En una fracción de segundo, la sacudida eléctrica que Lilah sentía cada vez que Zane la miraba, combinada con los meses de celibato, le explicaron lo que llevaba dos años intentando comprender: la facilidad con la que Zane había quebrado su resistencia.

Un intenso alivio la invadió al encontrar una explicación lógica: Zane había aparecido en un momento de profunda vulnerabilidad.

Pero esa no era la situación del presente. Lilah se echó hacia atrás, rompiendo el beso, y tomó aire.

La experiencia había sido tan impactante que cuanto más había tratado de borrarla, más había aflorado en sus sueños y en sus dibujos.

Tenía que mantener el control, no tomarse a Zane en serio. Era el tipo de hombre inestable y salvaje que había causado la perdición de su madre y de su abuela. Lo cual solo confirmaba que ella era tan insensata como ellas.

Pero al menos ella tenía la cabeza sobre los hombros. La atracción que Zane sentía por ella no iba más allá que la que había sentido dos años antes, mientras que las emociones que él le despertaba tenían la capacidad de destruir el futuro que tan cuidadosamente había planeado.

Y eso no podía suceder bajo ningún concepto.

Ella tenía una fuerza de voluntad férrea y había conseguido evitar toda su vida adulta tanto las emociones intensas como el sexo de una noche. Aquel no era el momento de estropearlo todo. Menos aún con un hombre más joven que ella.

Zane tenía veinticuatro años, veinticinco como mucho, y no daba la menor impresión de que fuera a cambiar su anárquico estilo de vida por una esposa y una familia.

Podía decir lo que quisiera sobre Lucas. Este, al menos sobre el papel, era perfecto para ella: maduro, decidido a comprometerse, y con una reputación intachable.

Los minutos de pasión que había pasado con Zane y durante los que había perdido completamente el control, le había servido de lección.

Zane no era un buen material para esposo. Así que tendría que ignorar la magnética fuerza de la atracción que sentía por él, y acallar sus revolucionadas hormonas. No podía lanzar sus planes de boda por los aires. Y su cuerpo desnudo a los brazos del de Zane.

# Capítulo Dos

Tras una cena formal la noche siguiente en el castillo de la familia Atraeus, Lilah se disculpó a la hora del café. Lucas se había ido veinte minutos antes, con los postres. Su desaparición no la había tomado por sorpresa porque, a lo largo de la velada, Lilah había llegado a la conclusión de que mantenía una relación con otra mujer.

Al llegar ante la puerta de Lucas, se cuadró de hombros y fue a llamar, pero una mano poderosa le sujetó la muñeca.

—Si yo fuera tú, no lo haría.

Lilah se volvió y le sorprendió descubrir a Zane. Con un movimiento brusco liberó su brazo y se frotó la muñeca, donde el contacto de su mano le había dejado un cálido hormigueo. Al ver su cabello azabache, que casi le llegaba a los hombros, y sus aros de plata, Lilah sintió una inquietud que se sumó a la tensión que la dominaba desde que, al llegar al castillo, había visto a Carla Ambrosi en brazos de Lucas. La situación se complicaba aún más por el hecho de que Carla Ambrosi era su jefa inmediata.

—¿No te has enterado todavía? —preguntó Zane, indicando la puerta con la barbilla—. Lucas está… ocupado.

A Lilah le desconcertó percibir que Zane sonaba enfadado.

Lucas era el candidato perfecto, pero la realidad estaba probando que se trataba de un error.

–¿Quieres que te descubran llamando al dormitorio de Lucas? –preguntó Zane, refiriéndose a unas voces y pisadas que se aproximaban.

–No –dijo ella, horrorizada.

–Por fin un poco de sentido común –dijo Zane, al tiempo que la tomaba de nuevo por la muñeca y la aprisionaba contra la pared en un estrecho hueco.

Lilah respiró, esforzándose por no reaccionar al olor a sándalo, y tuvo unas súbitas ganas de reír. A pesar de lo desagradable de la situación, no podía evitar sentirse halagada de que Zane hubiera acudido a su rescate; y que se escondieran como dos críos no dejaba de tener su gracia.

Zane asomó la cabeza por la esquina para asegurarse de que los invitados habían pasado.

–Lo que no entiendo es por qué Lucas te ha invitado –dijo al volverse de nuevo hacia ella.

Lilah se tensó ante la insinuación de que era la última persona con la que habría esperado que Lucas acudiera a una boda de la familia. Alzó la barbilla para contrarrestar el dolor que sentía cada vez que recordaba que ser ilegítima y proceder de una familia pobre la convertían en alguien poco respetable.

–Qué gran manera de lograr que una mujer se sienta halagada.

Zane frunció el ceño.

–No pretendía ofenderte.

–No te preocupes –dijo ella, desviando la mirada de la de Zane al descubrir una peligrosa ternura–. Conozco muy bien la realidad.

Solo lamentaba no haber reflexionado más. ¿Cómo no había pensado que Lucas, nombrado Hombre del Año en una conocida revista, era demasiado perfecto para ser verdad?

Las voces se perdieron tras una puerta, y en el silencio que siguió, Lilah se hizo plenamente consciente del calor que emanaba de Zane, y, de pronto, el vestido de seda que llevaba le resultó demasiado ajustado y el escote demasiado abierto.

Notó que se ruborizaba al recordar el beso del avión.

Zane miró a ambos lados del corredor y dijo:

–Ni un alma. Tu reputación ha quedado intacta.

–Me temo que no –dijo ella.

Aunque todavía no podía calcular el daño que aquel paso en falso podía causarle, estaba segura de que no saldría inmune. Con gesto decidido, fue hasta la puerta de Lucas y llamó.

Zane se apoyó en el marco, cruzándose de brazos.

–Se ve que no te das fácilmente por vencida.

Lilah intentó ignorar las sombras que la lámpara proyectaba sobre su rostro y que destacaban sus espectaculares facciones.

–Prefiero enfrentarme a las cosas cara a cara.

–Espero que recuerdes que he intentado salvarte.

La puerta se abrió unos centímetros y apareció

Lucas Atraeus. Lilah y él intercambiaron unas pocas frases, y cuando Lilah vio pasar a Carla, estirándose la ropa, supo que cualquier posibilidad de reconducir la relación con Lucas era inviable.

Sin dejarle acabar lo que estaba diciendo, asió el pomo de la puerta y la cerró. En el proceso, la tira del bolso se le enganchó y, al romperse, este cayó al suelo junto con varias cuentas que rebotaron en el suelo. Zane las recogió del suelo y se las dio.

—Tú lo sabías —dijo ella, esquivando su mirada.

—Es una larga historia.

Lilah guardó las cuentas en el bolso y de pronto se le pasó una desagradable idea por la cabeza. Después de todo, Zane actuaba en la empresa como cortafuegos, ocupándose de las situaciones y de los empleados difíciles.

—Estás haciendo el trabajo sucio para Lucas —afirmó.

Tenía sentido. Lucas le había pedido que la llevara a Medinos, Zane aparecía para evitar que montara una escena... Era evidente que la consideraban «un problema».

—No.

La respuesta fue tan directa e inmediata que tranquilizó a Lilah.

En la distancia se oyó una puerta abrirse, seguida de pisadas aproximándose.

—Nos sentaría bien una copa —dijo Zane, tomándola por el codo—. Vayamos a un lugar tranquilo.

El calor de su mano contra la piel distrajo a Lilah lo bastante como para que se dejara llevar hasta una puerta que Zane abrió para dejarla pasar. Se trataba de un amplio salón, decorado al elegante y austero estilo de la isla, con paredes color crema, muebles oscuros y alfombras de colores vivos repartidas por el suelo de piedra. Varios óleos, sin duda retratos de antepasados familiares, colgaban de las paredes, y unas puertas acristaladas se abrían a una de las muchas terrazas que festoneaban el castillo, y desde las que se divisaba el Mediterráneo.

Zane sirvió una copa de brandy.

—¿Cuándo te has dado cuenta de lo de Lucas y Carla? —preguntó.

—Cuando hemos llegado al castillo y Carla se ha echado en sus brazos.

—¿Y por qué has ido a su dormitorio sabiendo lo que te esperaba?

La pregunta, acompañada por una penetrante mirada, desconcertó a Lilah. Al igual que volver a tener la impresión de que Zane estaba enfadado.

—Estaba harta de sentirme incómoda y fuera de lugar. La cena había acabado y estaba cansada. Quería volver al hotel.

—Con Lucas —dijo Zane, al tiempo que le daba la copa.

—No, sola —dijo ella, sintiendo una corriente eléctrica al rozar sus dedos.

—¿Porque tu meta es casarte?

Lilah estuvo a punto de atragantarse.

—Algo así —dijo. Y se dirigió a los cuadros que decoraban las paredes. El diseño de joyas era su profesión, pero la pintura, su gran amor.

Se detuvo ante el cuadro de un hombre de aspecto fiero, un guerrero medieval con un sello de ónice en un dedo y una cimitarra colgada a la espalda. La nariz, la barbilla y la hipnótica mirada eran un vivo retrato de Zane.

A su lado, una mujer miraba al espectador con expresión de fortaleza interior. En el dedo llevaba una exquisita sortija de esmeraldas y diamantes, con un collar a juego.

Lilah sintió el calor del cuerpo de Zane cuando este se detuvo tras ella, y bebió para ignorar la perturbadora reacción que le causaba. Dando un paso adelante, estudió las joyas.

—La colección Illium —dijo Zane.

—¿De Troya? —preguntó Lilah, frunciendo el ceño—. Creía que era un mito.

—Fueron vendidas a finales del siglo pasado, cuando mi familia se declaró en bancarrota, pero mi padre las recuperó hace años.

Lilah observó un barco pintado al fondo del cuadro.

—¿Era pirata?

—Corsario —corrigió Zane—. Sus botines son el origen de la riqueza de los Atraeus.

Lilah retrocedió para observar mejor los colores e hizo un descubrimiento asombroso. Bastaría ponerle la ropa de Zane para transformarlo en el retrato de este.

—¿Cómo se llamaba?

—Zander, como yo. Y eso que mi madre no tenía ni idea de la historia de los Atraeus —Zane se alejó de Lilah y añadió–: Termínate la copa. Te llevo al hotel.

Lilah dejó la copa vacía junto a la de él, y observó en su dedo un sello como el del hombre del cuadro.

–Tu anillo es muy parecido al del retrato.

–Es el mismo.

Zane respondió con una crispación que desconcertó a Lilah, aunque no tardó en identificarla. Ella sabía bien lo que significaba ser ilegítima y estar excluida de la familia oficial.

–No hace falta que me lleves. Llamaré a un taxi –dijo, buscando el móvil en el bolso.

–No te molestes –dijo Zane. Y miró la hora–. No hay taxis después de las doce. Lo más que puedo ofrecerte es un viaje en Ferrari.

Lilah sintió un nudo en el estómago al imaginarse con él en un espacio tan reducido.

–No, gracias. No vale la pena que te molestes.

Zane la miró con gesto severo.

–Lucas no va a llevarte.

–Ya me he dado cuenta –dijo ella. Y alzó la barbilla con dignidad–. Está bien, acepto.

–Así me gusta. No debes entregarte a un hombre que no te valore.

–No te preocupes –dijo Lilah, dando un paso atrás. Le irritaba lo tentada que estaba de estar cerca de él–. Sé perfectamente lo que valgo –en cuanto lo dijo, se dio cuenta de que la frase había sonado con una crudeza que no había calculado–. No-no quería decir eso.

26

–Lo sé –dijo él con gesto imperturbable.

Lilah recordó entonces que dos semanas después del desliz se había encontrado con Zane en una cena mientras intentaba librarse amablemente de las galanterías de un hombre mayor, convencido que ella no tenía mejor plan que acostarse con él. Recordaba a la perfección cómo la presencia de Zane había hecho que todo lo demás resultara insignificante, y que por una fracción de segundo, había creído, equivocadamente, que él había ido allí en su busca.

Pero Zane la había ignorado.

Súbitamente Lilah supo por qué había accedido a viajar a Medinos para quedar con un hombre al que apenas conocía. La cita había sido con Lucas, pero era a Zane a quien había querido ver. En su búsqueda de un hombre equilibrado y de fiar, quien le interesaba era uno que representaba todo lo contrario. Lucas era un desconocido, pero el riesgo que había asumido con él no podía compararse con el que Zane representaba. Con él sí que no había garantías, ni seguridad, ni posibilidad de un compromiso.

Era todo lo contrario de lo que había planeado conseguir en su vida.

Diez días después, Zane entraba en el edificio de la nueva adquisición de Atraeus, Ambrosi Pearls, en Sídney.

Era casi medianoche y las oficinas estaban a oscuras. Zane, acostumbrado a despachos austeros y masculinos, sacudió el cabeza, divertido, al entrar en el despacho de Lucas, que parecía sacado de una revista de decoración.

Lucas, que contemplaba la vista de Sídney, volvió la cabeza. Estaba despeinado y con la corbata torcida. Parecía tan cansado como Zane, que llegaba de un largo vuelo desde Florida.

Zane miró la hora. Era medianoche. Debía llevar treinta y seis horas en pie.

–¿A qué se debe tanta urgencia? –preguntó.

Lucas se quitó la corbata y la guardó en un bolsillo.

–He decidido casarme con Carla. La prensa ya lo sabe. He intentado evitarle problemas a Lilah, pero van a acosarla.

Zane comprendió que Lucas lo hubiera citado en el despacho. Con toda seguridad, su apartamento estaría sitiado por los periodistas.

–Creía que Lilah y tú habíais terminado.

Lucas tomó una tarjeta de visita y escribió un número de teléfono.

–Y así es, pero ya sabes cómo es la prensa –tendió la tarjeta a Zane–. Lilah vino a verme a mi apartamento y la siguieron.

–¿Qué hacía en tu apartamento? –preguntó Zane, dándose cuenta de que se había equivocado al creer que había controlado los celos que lo consumían desde la boda de Constantine.

–No lo sé –dijo Lucas, mirando la pantalla del ordenador con gesto contrariado–. Carla estaba conmigo y no llegamos a hablar. Necesito que vuelvas a ocuparte de ella.

A continuación, Lucas explicó que había una fotografía suya besando a Carla, en la que se veía a Lilah, mirándolos.

Zane se puso tenso al saber que Lucas y Lilah seguían conectados, aunque fuera por un escándalo. En la boda de Constantine, a la que había acudido porque no consiguió un vuelo hasta el lunes siguiente, ella le aseguró que ya no quería tener nada que ver con ningún Atraeus. Y aunque a Zane le había molestado estar incluido, había sido mayor la satisfacción de saber que se había olvidado de Lucas.

Por eso se preguntó qué lc habría hecho ir en su busca, y tuvo que dominar el impulso de tomar a Lucas por las solapas y decirle que dejara en paz Lilah Cole.

–No le va a hacer ninguna gracia –dijo, en cambio.

–Se acostumbrará. Pienso compensarla bien –dijo Lucas, distraído.

–¿De qué manera?

–Como de costumbre, con dinero, con una promoción…

Zane sintió que la sangre le hervía.

–A Carla no va a gustarle.

–Ya –Lucas suspiró–. ¡Hay que hacer malabares con las mujeres!

Y Lucas practicaba tanto como era necesario, pensó Zane.

Algo no encajaba. A pesar del compromiso con

Carla, sospechaba que Lucas pensaba mantener a Lilah en su círculo de influencia. Después de todo, le había comprado un anillo de compromiso.

Tuvo que morderse la lengua para no exigirle que se olvidara de ella. Entre otras cosas porque, tratándose Lucas de un Atraeus, no serviría de nada. Su fama de mujeriegos era merecida. Él mismo era la consecuencia de una infidelidad.

Dando un resoplido, preguntó:

—¿Por cuánto tiempo quieres que me ocupe de ella?

—El fin de semana –dijo Lucas, encogiéndose de hombros–. Lo bastante para librarla de la locura mediática tras el anuncio oficial que vamos a hacer... –Lucas miró el reloj–, hoy.

—De acuerdo –Zane clavó la mirada en su hermano–. Creo que le caigo bien.

—Me alegro, te debo una –dijo Lucas, aliviado–. Sé que no es tu tipo.

—¿A qué te refieres? –preguntó Zane con el ceño fruncido.

Lucas empezó a guardar unas carpetas en su maletín.

—A Lilah le gusta la música clásica, es artística... Creo que pinta.

—A mí también me gustan el arte y la música clásica.

Lucas cerró el maletín.

—Es mayor que tú.

—Solo cinco años.

El teléfono de Lucas sonó.

Lucas alzó la mano como despedida antes de contestar.

—Nos vemos. Muchas gracias.

—De nada.

Zane fue en tensión al ascensor.

De haber estado un rato más con Lucas habría perdido el control. Por eso no pensaba perder el control con Lilah Cole. Por eso era fundamental concentrarse.

Tenía un fin de semana por delante. Dos días con sus noches.

Lilah se puso las gafas de sol e hizo acopio de valor al tiempo que bajaba del taxi, en el centro de Sídney. En cuanto dio dos pasos hacia la entrada del hotel donde tendría lugar la conferencia de prensa, los flashes se dispararon y, con ellos, le llegó un torrente de preguntas.

Aferrándose a su bolso color marfil, a juego con el elegante traje de chaqueta, caminó presurosamente con la cabeza gacha. Alguien le tiró de la manga y cuando se volvió, la cegó un flash. Un segundo más tarde, el fotógrafo había sido sustituido por un guarda de seguridad. Zane apareció en medio del caos. A pesar de su determinación por mantener la calma en su presencia, Lilah sintió un escalofrío recorrerle la espalda.

—Ven conmigo —dijo él.

La sensualidad de su voz tuvo un efecto paralizante en Lilah.

Los periodistas se agolpaban tras el cordón de seguridad y finalmente Lilah tomó la mano que Zane le tendía. Él tiró de ella hasta pegarla a su costado. En tres pasos estaba en la puerta. Se disparó otro flash.

–Dios mío, un nuevo escándalo –masculló ella.

La expresión de sorna de Zane no le pasó desapercibida cuando dijo:

–Eso te pasa por jugar con un Atraeus.

Las puertas se abrieron. En el interior había más prensa y numerosos curiosos. Lilah se esforzó por mantener una expresión serena, aunque sentía que las mejillas le quemaban.

–Yo no he jugado con nadie.

–Fuiste hasta Medinos para una primera cita.

–No fue una experiencia agradable.

Zane la llevó hasta el ascensor y le hizo entrar. Al sentir su mano en la espalda, Lilah sintió una sacudida. Dos hombres de seguridad entraron y se colocaron a ambos lados de ellos. Un tercero, al que Lilah reconoció como Spiros, se situó junto a la puerta y apretó el botón.

La turbación de Lilah al tener a Zane tan cerca se incrementó a mediada que ascendían.

–Supongo que estás en Sídney para la subasta de arte –comentó.

–También para finalizar la compra de Ambrosi. Por eso Lucas me ha pedido que me ocupe de ti.

Lilah no pudo evitar sentirse decepcionada al descubrir que Zane había acudido en su rescate por encargo.

–Supongo que te ha contado lo que pasó anoche –dijo.

–Me ha comentado que lo encontraste en su apartamento con Carla.

Lilah se ruborizó. Dicho así, parecía que se tratara de un estúpido triángulo amoroso.

–No llegué al apartamento. La seguridad…

–No necesito que me des explicaciones.

Lilah acabó por perder la calma que intentaba mantener desde que había visto el periódico de la mañana.

–No he conseguido verlo desde Medinos. Solo quería dimitir.

Se abrieron las puertas y el corazón se le aceleró al ver que también allí había periodistas. Tomó aire y salió, protegida por el servicio de seguridad.

Zane la sujetó por la muñeca.

–Recuerda que, si huyes, solo empeorarás las cosas.

–¿Puede haber algo peor que ser la amante de Atraeus abandonada en plena calle?

Zane la miró con severidad.

–Debías haber calculado a lo que te arriesgabas.

–¿Sirve de algo que diga que preferiría no haber conocido a Lucas?

Zane la miró de una forma que le aceleró el corazón.

–¿Hasta qué punto te preocupa la prensa?

–No tengo televisión y he cancelado mi suscripción al periódico con tal de evitarla.

–¿Y esto, te preocupa?

33

Zane la mantenía atrapada con la mirada. En ese momento, cuando le tomó el rostro entre las manos, Lilah supo que iba a besarla delante de toda aquella gente. Tomó aire. Sabía que debía retroceder, resistirse a la intensa atracción que sentía por Zane, pero no pudo moverse.

Zane le acarició los labios con su aliento. Ella cerró los ojos y él la besó delicadamente. Luego levantó la cabeza y la miró fijamente pero, en lugar de separarse, le deslizó las manos hasta la cintura para atraerla hacia sí. En lugar de resistirse, Lilah olvidó a los testigos y las cámaras que se disparaban a su alrededor y, cerrando los ojos, alzó el rostro hacia él. La cabeza le daba vueltas y le temblaban las piernas. Un murmullo y el estallido de un aplauso, la devolvieron a la realidad.

–Ahora creerán que me acuesto contigo –musitó, alarmada.

Zane atravesó la nube de reporteros sujetándola por la cintura.

–Si te ven conmigo, al menos se preguntarán quién ha dejado quién.

Cuarenta minutos más tarde, la rueda de prensa había concluido. Lucas; Carla; la madre de Lucas, María Therese; y la asistente personal de Constantine, P. A. Thomas, se habían marchado en medio de la expectación causada por el anuncio del compromiso.

–Ya podemos irnos –dijo Zane, poniéndose en pie.

Aliviada por dejar el centro de atención de la

prensa, Lilah lo siguió. Nada más salir al corredor, una elegante mujer rubia, acompañada por un cámara de televisión, le acercó un micrófono a Zane.

–¿Habrá un nuevo anuncio de compromiso próximamente?

–No tengo nada que decir –dijo Zane, alargando el paso hasta que llegaron al ascensor.

Aunque Lilah sabía que era la única respuesta sensata, no pudo evitar sentirse decepcionada.

Que la relación con Lucas se acabara no le había afectado. Descubrirlo besando a Carla apasionadamente no le había sentado particularmente bien, pero no por una cuestión sentimental, sino porque se había sentido públicamente humillada.

Era extraño que, tras el beso que le había dado delante de los periodistas, se sintiera mucho más abatida por lo que consideraba una traición de Zane.

Zane llevó a Lilah a un aparcamiento subterráneo y abrió la puerta de un deportivo. Aunque había querido dejarle claro a Lucas que Lilah era para él, no había planeado hacer una demostración pública. Tampoco había contado con que Lilah le devolviera el beso con tanto entusiasmo, aunque desde que habían salido del hotel se comportara con una frialdad que le resultaba irritante.

Hizo un gesto a Spiros y este y sus dos hombres subieron a un sedán negro. Luego se abrochó el cinturón. Sus dedos rozaron los de Lilah y sintió una descarga eléctrica que contribuyó a irritarlo aún más. Nunca antes había sentido aquel tipo de emoción.

El coche negro partió y Zane salió a continuación. Cuando emergieron a la luz del día, miró a Lilah. Con unas perlas como pendientes, el cabello recogido en un moño flojo y apenas maquillaje, resultaba una fascinante mezcla de sensualidad y sobriedad.

Lilah Cole no ocultaba su empeño en buscar marido, y por eso mismo era una mujer que en circunstancias normales no le habría interesado, pero sin embargo, no podía quitársela de la cabeza.

—Sé que me han invitado a almorzar, pero preferiría volver a casa. Puedo tomar un taxi —dijo ella mirando al frente.

Zane apretó los dientes. Lucas era un desconsiderado. Detuvo el coche en un semáforo.

—Seguro que a Lucas le alivia que no aparezcas.

Lilah volvió la mirada hacia él.

—Me da lo mismo lo que quiera Lucas.

Zane se sintió más feliz de lo que había estado en días. El semáforo cambió y puso el coche en marcha.

—Si quieres, puedo llevarte a comer a otro sitio.

Lilah se giró hacia él con ojos brillantes.

—Acabo de cambiar de idea. Prefiero comer con todos.

—Me alegro, porque ya hemos llegado.

Lilah observó el pórtico del lujoso restaurante y se volvió hacia Zane.

–Eres un manipulador –dijo.

–Recuerda que soy un Atraeus.

–A veces me olvido.

Zane se puso al instante a la defensiva.

–¿Porque soy también un Salvatore? –preguntó. Aunque se guardó para sí la otra pregunta que le rondaba la cabeza: ¿O porque tengo veinticuatro años?

Lilah frunció el ceño, desconcertada.

–Porque a veces eres… amable.

–¿Amable? –repitió Zane, sorprendido.

–He leído el artículo en el que hablan de tu ONG y sé que llevas los aros para que los chicos de los barrios se identifiquen contigo. Por mucho que te empeñes en otra cosa, eso significa que eres amable.

# Capítulo Tres

Lilah suspiró profundamente cuando Zane aparcó delante de su casa. El almuerzo había resultado tan incómodo como había imaginado, pero afortunadamente había transcurrido con celeridad.

Zane rodeó el coche y abrió la puerta. Lilah bajó del deportivo, y al mirarlo a los ojos, sintió que se quedaba sin aliento. En su Manual de Citas, que un hombre la acompañara hasta la puerta de su apartamento estaba marcado en naranja. En el caso de Zane, y aunque no fuera una cita íntima, el beso que se habían dado horas antes bastaba para indicarle que no era conveniente invitarle a pasar.

—Gracias por acompañarme —dijo con una sonrisa profesional.

Zane cerró el deportivo.

—De nada. Te acompaño a la puerta.

—No es necesario —dijo Lilah, buscando las llaves en el bolso.

—Si no me equivoco, ese es un periodista —dijo Zane.

Lilah miró en la dirección que indicaba y reconoció el coche que el día anterior estaba aparcado delante de la oficina de Lucas.

—Ha debido seguirnos —dijo, angustiada.

–Estaba aquí antes de que llegáramos. Según Lucas, es a ti a quien siguieron. Seguramente te vigilaban desde que volviste de Medinos. Lo mejor es que te acompañe.

Resignada, Lilah fue hacia la puerta, y se ruborizó al ver su apartamento con los ojos de Zane. Se trataba de un almacén reconvertido, situado en un barrio modesto de la ciudad, que había elegido porque le resultó luminoso y bohemio, además de espectacularmente barato. El apartamento incluía una enorme habitación acristalada, que resultaba perfecta como estudio.

Sin embargo, Zane no hizo ningún comentario sobre el deteriorado aspecto exterior de la casa, lo que era una prueba más de que no siempre había vivido rodeado de lujo.

Lilah abrió y entraron en un vestíbulo de suelo de cemento y paredes blancas. Zane cerró la puerta corredera de entrada y preguntó:

–¿Cuánta gente vive aquí?

–Una docena, más o menos –dijo ella, precediéndolo por un corredor en penumbra hasta llegar a una puerta de metal que en el pasado había dado acceso a un taller.

Abrió y entró en el diáfano espacio que servía de vestíbulo y gran salón. Zane contempló las paredes blancas, los brillantes suelos de madera y el sol que se filtraba por unas puertas de cristal en la pared opuesta.

–Muy bonito –dijo, adentrándose y estudiando los cuadros que Lilah había coleccionado a lo largo de los años. Se concentró en tres abstractos que había en el suelo, apoyados en la pared, y dijo–: Estos son tuyos.

–¿Cómo lo sabes? –preguntó Lilah, sorprendida. No estaban firmados.

–Compré dos cuados tuyos en una subasta. Y vi otra serie en una galería –dijo él.

–Vendo casi todo a través de esa galería –dijo Lilah sin expresar la sorpresa que la noticia le causaba.

Zane pasó a mirar una fotografía en la que Lilah posaba con su madre y su abuela.

–Así que el dinero es importante para ti.

–Sí –dijo ella, alzando la barbilla.

Su madre había perdido todos sus ahorros durante una crisis financiera, y no le bastaba su salario para pagar la hipoteca, así que Lilah tenía que ayudarla económicamente, y sus cuadros se vendían. En el fondo, era un alivio no haber podido presentar su dimisión la noche anterior.

Un ruido hizo que girara la cabeza bruscamente y fuera precipitadamente hacia el estudio, a tiempo de ver a un hombre que, con una cámara al cuello, trepaba por la ventana. Zane lo empujó con fuerza para evitar que entrara. Luego lo siguió y le quitó la cámara, sacó la tarjeta de memoria y se la devolvió, antes de que el hombre saliera huyendo.

Zane entonces inspeccionó el perímetro del pequeño jardín mientras Lilah recogía los lienzos que, al caer, habían hecho el ruido que les había avisado de la presencia del merodeador. Entre ellos, tal y como se temía, había un retrato de Zane, que había pintado de memoria dos años antes. Pero afortunadamente, este no había tenido tiempo de fijarse.

Los apiló mirando a la pared. No podía arriesgarse a que Zane supiera que había estado obsesionada con él.

–Decidido. No puedes quedarte aquí sola –le oyó decir a la vez que entraba por la ventana.

Consciente de que Zane sacaba de ella el lado salvaje de las Cole, Lilah sabía que no podía acceder.

–No hace falta –dijo, ruborizándose–. Haré que reparen la ventana –añadió, saliendo del estudio.

Zane inspeccionó las ventanas del salón con gesto contrariado.

–El problema no es solo el cierre de las ventanas. Hay un aparcamiento cerca desde el que pueden vigilarte, y con tanto ventanal, pueden fotografiarte a distancia.

–Puedo cerrar las cortinas.

–Te asediarán cada vez que salgas. Es muy sencillo, o vienes conmigo, o me quedo –dijo Zane, mirando el sofá como si calculara si cabía.

Lilah pensó automáticamente en otro sofá. Zane no podía quedarse en su casa. El beso de la mañana ya la había desestabilizado suficiente. Lo último que necesitaba era que invadiera su espacio personal.

–No puedes quedarte.

Sonó el teléfono y el contestador saltó al primer timbre. Un reportero quería que lo llamara.

Lilah se fijó entonces en el número de mensajes que tenía: veintitrés.

–Voy a hacer una maleta.


Unos minutos más tarde, Lilah estaba lista y Zane terminaba una conversación telefónica.

–¿Estás lista? –preguntó él con una dulzura que, como de costumbre, desconcertó a Lilah.

Cada vez que intentaba convencerse de que era un hombre arrogante y egoísta, hacía algo que le probaba lo contrario.

Zane la esperó en el vestíbulo mientras ella cerraba. Impulsivamente, decidió llevarse uno de sus cuadernos de dibujo.

–Voy a dejarle un mensaje a mi vecino y a pedirle que arregle la ventana –dijo Lilah. Y tras escribir una nota fue hasta una puerta, llamó por si Evan estaba en casa y, al no recibir respuesta, pasó la nota por debajo de la puerta.

Tiempo después, Zane abría la puerta de su suite para dejar pasar a Lilah.

Desde el fondo del pasillo apareció su asistente, Elena,tras ella, menuda y rolliza, con aspecto eficiente, apareció Spiros con la maleta de Lilah.

Zane contuvo su irritación al ver las miradas de curiosidad que Elena lanzaba a Lilah, y esperó pacientemente a que sus dos empleados se fueran. Luego se quitó la chaqueta y fue al dormitorio de Lilah. Al verla deshacer la maleta sintió una profunda satisfacción y no pudo evitar comprender el placer que debía haber sentido su ancestro, Zander Atraeus, cuando secuestró a la mujer con la que finalmente se casaría.

Lilah alzó la mirada y, al verlo, comentó:

–Tengo la impresión de que tu ayudante no aprueba mi presencia aquí.

Zane se apoyó en el dintel de la puerta, observando con curiosidad los objetos femeninos que ella iba colocando sobre la coqueta.

–Es una mujer tradicional. Supongo que le parecería más correcto que te alojaras en otra suite.

El rostro de Lilah se iluminó.

–¡Qué buena idea!

–Aquí estarás más segura. Nadie puede entrar en esta ala del hotel sin pasar por seguridad.

–¿No te preocupa la prensa?

–Después de lo de esta mañana, da lo mismo que duermas aquí o en la habitación de al lado. Escribirán lo que quieran.

Lilah cerró la maleta vacía y la guardó en el armario.

–Lo que no comprendo es por qué te preocupa tanto mi seguridad.

–He hecho una promesa a Lucas.

Lilah intentó disimular la decepción que le causaban aquellas palabras.

–¡Claro! ¡Qué tonta soy! –dijo, esbozando una sonrisa. Y salió a la terraza.

Zane la detuvo antes de que se asomara.

–La terraza no es un sitio seguro.

Tras el dolor que le había causado saber que

Zane solo seguía instrucciones de Lucas, el roce de su mano le produjo una descarga de adrenalina. Instintivamente, fue a dar un paso atrás, pero se torció el tobillo y dio un grito de dolor.

–¿Qué te ha pasado?

Lilah intentó encontrar el equilibrio con un pie.

–No es nada –dijo ella. Debía ser un problema con el tacón. Antes de que pudiera reaccionar, Zane la tomó en brazos y la llevó a la cama.

–Espera aquí. Voy a por hielo –dijo. Y desapareció sin darle tiempo a protestar.

Lilah se echó sobre los mullidos almohadones y observó el suntuoso entorno. Hizo girar el tobillo. Apenas le dolía. Pero Zane volvió con una bolsa de hielo y se la colocó encima a la vez que le ponía un almohadón debajo del pie. Lilah no pudo evitar que le encantara lo atento que era.

–No te muevas. Es la única manera de que no empeore –dijo él. Y se marchó tras dirigirle una mirada que le aceleró el corazón.

Si alguien actuaba y tenía el aspecto de un pirata, debía ser porque, en el fondo, lo era.

Tras una hora de inmovilidad, se hartó. Dejó la bolsa de hielo en el baño, puso a prueba el tobillo y, al comprobar que no le molestaba, volvió al salón. El sonido del agua corriendo le indicó que Zane debía estar dándose una ducha. Ella se vistió con una camisa y unos vaqueros, y tras ponerse las gafas de sol, tomó su cuaderno de dibujo y salió a la terraza.

Al abrirlo, descubrió, horrorizada, que se había equivocado y que, en lugar de elegir el que tenía sus últimos diseños de joyas, tenía ante sí uno con el retrato a carboncillo de Zane, con sus ojos hipnóticos y sus espectaculares pómulos. Lo ojeó y vio que había muchos más. Solo entonces se dio cuenta de hasta qué punto había estado obsesionada con él. Lo cerró bruscamente.

En ese preciso momento, una sombra se proyectó sobre la tapa, sacándola de su ensimismamiento.

–Te he dicho que no es seguro estar aquí fuera –dijo Zane, que se había puesto unos vaqueros negros y llevaba el torso desnudo.

Lilah tuvo que esforzarse para despegar la mirada de su musculoso abdomen y se alegró de llevar gafas de sol.

–No entiendo qué puede pasarnos estando en el piso veinte y rodeados de seguridad.

–Los Atraeus tienen mucho dinero, y eso atrae a tipos raros.

–¿Es esa la causa de tus cicatrices?

Zane se inclinó y posó las manos a ambos lados de la butaca de Lilah, atrapándola en un reducido espacio.

–Las cicatrices tiene su origen en mi infancia, cuando no tenía ni dinero ni protección. Desde que mi padre me recogió, nadie se ha podido acercar a mí lo bastante, gracias a que obedezco a mi jefe de seguridad –dijo él, al tiempo que le levantaba las gafas.

Lilah soltó el cuaderno para recuperarlas. Entonces él tomó el cuaderno y se incorporó.

–Dámelo –gritó Lilah, angustiada porque fuera a ver los dibujos.

45

Zane sonrió y lo alejó de su alcance. Lilah lo siguió al interior. Alargó la mano, pero Zane retrocedió un paso y lo levantó en el aire.

–¿Por qué te preocupa tanto que lo vea? –preguntó él con un brillo malicioso en la mirada que hizo que a Lilah se le encogiera el estómago.

–Esos dibujos son… privados –dijo ella. Y si él los veía se iba a sentir espantosamente avergonzada. Revelarían no solo cuánto le gustaba, sino también lo vacía que estaba su vida.

Zane se lo tendió, pero en lugar de soltarlo, lo usó para atraerla hacia sí hasta que con los nudillos rozó su sólido torso. El alivio que Lilah había sentido se disolvió.

–¡Los has visto! –dijo en tono acusatorio.

–Así es –dijo él, mirándola fijamente. Estaban tan cerca que sus muslos se rozaban. Zane enarcó una ceja y preguntó–: ¿Y la razón de que me dibujes y me pintes es…?

Lilah parpadeó. Nunca había sentido tan literalmente el deseo de que se la tragara la tierra.

–También has visto el cuadro en mi apartamento –afirmó en lugar de contestar.

–No he podido evitarlo.

Lilah resopló.

–Confiaba en que no lo hubieras visto.

–Porque así podrías negar que te sientes atraída por mí, y que lo estás desde hace dos años –Zane le quitó el cuaderno de las manos con delicadeza y lo dejó a un lado–. Ahora que tienes al modelo en carne y hueso ante ti, ya no lo necesitas.

***

Lilah se quedó paralizada al darse cuenta de que Zane la deseaba tanto como ella a él.

–Quizá prefiero quedarme con la fantasía –susurró.

–Mentirosa –dijo él, apoyando la frente en la de Lilah–. Y ahora, ¿qué?

–Nada –dijo ella. Y al mirarlo y darse cuenta de que no podía apartar los ojos de él, de que no conseguía olvidar el beso de la mañana, fue consciente de que había caído en todas las trampas que se había jurado evitar.

Estaba cautiva de una obsesión física. Era víctima de la maldición Cole. Sin darse cuenta, había permitido que el sexo saboteara su vida.

Zane la miró entornando los ojos.

–No me mires así –dijo.

–¿Cómo? –preguntó ella.

Pero sabía a qué se refería. Las emociones y anhelos que había experimentado habían aflorado a la superficie. Y Zane, en lugar de asustarse, parecía estar encantado.

Agachó la cabeza y la besó. Ella se puso de puntillas y se abrazó a su cuello. Era una locura, apenas lo conocía, pero sabía cómo amoldar su cuerpo al de él, girar su rostro en el ángulo preciso para encajar a la perfección.

Él dejó escapar un gemido y la hizo retroceder al dormitorio hasta que Lilah sintió la cama tocarle las piernas. Se echaron, y cuando Zane volvió a reclamar sus labios, Lilah perdió la noción de la realidad. Varios minutos más tarde, Zane la colocó sobre él y Lilah aceptó la invitación, besándolo y acariciándolo. Él le recorrió la espalda con las manos y al subirlas, le quitó la camisa por encima de la cabeza. Luego le quitó el sujetador y le cubrió los senos con las manos.

El sonido de la puerta de entrada abriéndose, estalló como un disparo en el silencio solo perturbado por sus respiraciones entrecortadas. Antes de que pudieran reaccionar, Elena, con un vestido largo negro, apareció en la puerta. Zane masculló algo y trató de ocultar a Lilah con su cuerpo.

–¿Qué quieres? –masculló.

–El coche está listo –dijo Elena, azorada–. Tu cita, Gemma, te espera. Tenemos que estar en el museo en veinte minutos.

Gemma. Lilah sintió un puñal en el pecho. Gemma era la anterior ayudante de Zane, y lo había acompañado a prácticamente todos los actos sociales a los que había acudido.

Aquel era el aviso que necesitaba. Gemma era la mujer que había permanecido más tiempo al lado de Zane, era la única que tenía alguna posibilidad de un futuro con él.

Al mismo tiempo, recordó que también se la esperaba a ella en la subasta. Miró el reloj con ansiedad. Debería estar vestida y a punto de tomar un taxi. Todavía tuvo otro pensamiento, que expresó en alto:

48

–¡Howard!

Zane se volvió hacia ella a la vez que se ponía una camisa.

–Mi cita –explicó Lilah. Había quedado con Howard en quince minutos.

Corrió a su dormitorio, se duchó, se vistió y se maquilló en un tiempo récord y se encontró con Elena y Zane en el vestíbulo. Aun así, no iba a llegar a tiempo de encontrarse con Howard. Era su primera cita establecida por medio de una agencia, y ni siquiera lo conocía físicamente. Solo sabía que reunía, al menos sobre el papel, todos los requisitos del marido perfecto.

Llegó con cinco minutos de retraso. Howard White estaba esperándola en el vestíbulo y Lilah no lo reconoció inmediatamente porque parecía mayor que en la fotografía. Debía estar más cerca de los cuarenta y cinco que de los treinta que decía tener.

Acalorada por haber perdido el control con Zane hasta el punto de olvidarse de su cita con él, Lilah decidió pasar por alto la mentira.

–Tengo la sensación de que te conozco –dijo Howard, sonriendo amablemente al estrecharle la mano.

Lilah temió que se refiriera a las fotografías que habían aparecido en los periódicos en los días precedentes, y pensó que haría bien evitando que coincidiera con Zane por si eso le ayudaba a recordar.

Cuando le soltó la mano, observó que tenía una marca en el dedo anular que indicaba que debía haber llevado una alianza hasta hacía poco tiempo.

El resto de la velada pasó con una lentitud irritante. Con Zane a unos metros de distancia y Gemma colgada de su brazo, era difícil sentir interés por Howard y sus anécdotas de trabajo como asesor financiero.

–¿Quieres champán? –preguntó él al ver pasar un camarero.

–No, gracias –dijo Lilah, molesta con la insistencia de Howard para que bebiera, cuando por su parte, él no había probado ni una gota de alcohol. Intentó pensar en algo más que decir, pero no se le ocurrió nada.

Howard se ajustó el cuello de la camisa.

–A mi madre no le gusta el alcohol. Y menos aún que las mujeres beban.

–¿Tu madre? –preguntó Lilah.

Howard desvió la mirada hacia el estrado, donde empezaba la subasta.

–Vivo con ella. Es una mujer… encantadora.

Lilah se excusó diciendo que necesitaba aire fresco y salió a un patio decorado con esculturas modernas. Al oír pisadas se volvió. Era Zane. Un foco le iluminaba el rostro, dándole un aspecto más impactante de lo habitual.

Lilah había percibido que estaba pendiente de ella, y había confiado en que la siguiera.

–¿Desde cuándo lo conoces? –dijo él, indicando el interior.

—Desde esta noche.

—¿Es una cita a ciegas? –preguntó él, atónito.

—Algo así.

Lilah no quería explicarle que al volver de Medinos había estado tan desesperada como para aceptar al primer candidato de la agencia.

—No me gusta –dijo Zane. Y tras una tensa pausa, añadió–: No vas a irte con él. Además, es muy mayor. Podría ser tu padre.

—¿Dónde está Gemma? –preguntó Lilah, en lugar de contestar.

—Por ahí. ¿Por eso elegiste a Lucas, porque es mayor? He leído tu ficha personal y parece que tiendes a salir con hombres mayores. ¿Es un requisito para ser tu marido?

A pesar de que hacía fresco, Lilah sintió un golpe de calor, no solo porque Zane hubiera accedido a su ficha, sino por la implicación personal que representaba que se hubiera fijado en la edad de sus parejas. La idea de que le preocupara ser demasiado joven era conmovedora.

—No –se limitó a decir.

—Me alegro –dijo él con un gesto que pareció de alivio. Luego le tomó la mano y la atrajo hacia sí.

—Esto no está bien. Estás con otra –dijo ella. Pero tras la desilusión que le habían causado Lucas y Howard, el interés que mostraba Zane resultaba reconfortante.

—Gemma trabaja para Atraeus Group. Solo me ayuda en ocasiones puntuales –dijo él.

Y la besó. En unos segundos estaban casi donde

lo habían dejado unas horas antes. Ella de puntillas, abrazada a su cuello, él sujetándola por la cintura. El sonido de la subasta que tenía lugar en el interior les llegaba amortiguado. Lilah inclinó la cabeza para profundizar el beso. De pronto, hubo un destello y ambos alzaron la cabeza bruscamente. Un guarda de seguridad los saludó con un movimiento de la cabeza y pasó de largo.

Lilah dio un paso atrás. Por un momento había creído que se trataba de una cámara.

—Debería entrar. Howard me estará buscando —dijo.

—¿Vais en serio? —dijo Zane, al tiempo que seguía de reojo al guarda, que entró por un lateral.

—En absoluto —dijo ella. Y volvió al interior.

Howard estaba enfrascado en una conversación con un grupo de hombres maduros y ni siquiera se volvió a mirarla. Zane llegó a continuación y le tomó la mano a escondidas. Ella la retiró bruscamente y él sonrió con picardía.

—¿Qué haces? —susurró.

—Lo que debía haber hecho antes. Asegurarme de que Howard no es un farsante.

—Lo es. Hoy me he enterado de que está casado.

La irritación de Zane se transformó en calma a la vez que sacaba el teléfono y hacía una llamada.

—Ve al coche con Elena y Gemma —dijo, al colgar—. Yo me ocuparé de Howard. Tu amiguito estaba en el patio con una cámara.

Lilah miró horrorizada a Howard, que en ese momento bebía alcohol.

Zane se coló entre el grupo de hombres con seguridad. Lilah fue testigo del instante en que Howard se sabía descubierto y se llevaba la mano al bolsillo. Por un instante, desvió la mirada hacia ella, pero Lilah dio media vuelta y salió del museo. Ni siquiera se sentía afectada por su traición, sino aliviada, casi divertida al ver la actitud de Zane.

Gemma y Elena salieron con ella. Spiros les abrió la puerta y subieron a la limusina. Lilah intuyó que Gemma no estaba particularmente contenta. Al llegar Zane, dio una palmadita en el asiento, a su lado, pero en lugar de entrar, Zane se fijó en un grupo de chicos que Lilah también había observado.

—Ahora vengo —dijo, dirigiéndose a Lilah.

Gemma, sin ocultar su irritación, sacó el móvil y charló con alguien sobre un nuevo trabajo y una mudanza al extranjero. Elena sacó una novela y se puso a leer. Lilah miró por la ventanilla y vio a Howard subir a su coche, que resultó ser un modelo deportivo con matrícula personalizada. Zane caminó de vuelta y guardó el teléfono en el bolsillo.

—No puedo volver al hotel con vosotras. Tengo que ocuparme de los chicos. Han venido porque han visto los carteles anunciando la subasta y sabían que me encontrarían aquí.

Lilah observó a los jóvenes, que se sentaban en un banco como si fuera el único territorio que podían reclamar como propio.

—¿Qué vas a hacer?

—Conseguirles una casa para pasar la noche.

Lilah lo siguió con la mirada hasta que llegó junto al grupo y vio cómo se iluminaba el rostro de los chicos. Hasta ese momento no se había dado cuenta de hasta qué punto Zane estaba implicado en su causa. Y también por primera vez lo vio no como el prototipo de chico rebelde, seductor y misterioso que la prensa solía retratar, sino como un hombre comprometido y protector que podría convertirse en un maravilloso padre.

Dado que tenía por delante unas horas a solas en la suite de Zane, pensó que no era la mejor ocasión para descubrir que reunía una serie de atributos mucho más importantes que cualquiera de los que ella había estado valorando como importantes en un marido.

# Capítulo Cuatro

El teléfono de Lilah sonó en el mismo momento en que entraba en la suite. Era Zane.

–Espérame en mi dormitorio. No tardaré.

Lilah se tensó. No le gustaba que Zane asumiera que aceptaría la invitación.

–No –se limitó a decir.

–¿Por qué?

–Entre otras cosas, porque tienes novia.

–Ya te he dicho que Gemma es una empleada que me acompaña ocasionalmente. De haber tenido tiempo, habría cancelado la cita de hoy.

Lilah sujetó el teléfono con fuerza.

–Quizá te suene estúpido pero me he hecho una promesa y, aunque puede que la haya olvidado por unos minutos esta tarde, sigue siendo importante para mí.

Se produjo un silencio puntuado por el sonido de fondo de voces alteradas.

–Tengo que irme –dijo Zane con brusquedad–. Hagas lo que hagas, no te marches. Spiros estará en el pasillo por si necesitas algo. No uses el teléfono del hotel. No es seguro, y la prensa sigue acampada en el exterior.

Lilah oyó que colgaba y, un poco desilusionada,

decidió darse una ducha en el lujoso cuarto de baño. Luego se puso un camisón de seda y fue a la cocina, en cuyo frigorífico encontró fruta y una excelente selección de comida. Solo entonces se dio cuenta de que estaba muerta de hambre y se preparó un plato con algo para comer. Luego fue a la sala y encendió la televisión. Tras zapear un rato, se quedó con un programa de noticias locales.

Fue un error. La primera noticia mostraba a Zane con Gemma a la llegada a la subasta. Con su cabello pelirrojo y con un vestido fucsia, resultaba perfecta para Zane. Enfurruñada, Lilah cambió a una película clásica en blanco y negro. A las once apagó. Como estaba demasiado inquieta como para dormir, decidió llamar a Evan, pero descubrió que se le había agotado la batería y que se había dejado el cargador en casa.

Pasaron los minutos y su inquietud aumentó al pensar que Zane volvería junto con Gemma. Intentó contrarrestar ese pensamiento diciéndose que no tenía ningún derecho sobre él, y que en realidad, el único terreno en el que encajaban era el sexual, y que eso era precisamente lo que había llevado a la perdición a su madre y a su abuela.

A las once y media fue a su dormitorio y se acostó. Para las doce, cansada de dar vueltas, se levantó y volvió a la cocina. Impulsivamente, busco la guía telefónica y llamó a Evan desde el teléfono del hotel.

Este respondió cortante: Sí, había arreglado la ventana. Pero en ese momento estaba ocupado, entreteniendo a un amigo.

Lilah se disculpó. Iba a colgar cuando Zane entró por la puerta, se quitó la chaqueta y la dejó en una silla.

—Te he dicho que no uses el teléfono del hotel.

—Estoy sin batería y tenía que llamar.

—¿Quién era? ¿Howard? —preguntó Zane con aspereza.

—No, he llamado a Evan para ver si había reparado la ventana.

Zane se desabrochó el cuello de la camisa.

—¿Cuántos amigos tienes, Lilah?

Lilah se sintió molesta.

—No tantos como tú amigas.

Extrañamente, Zanc pareció animarse.

—He pasado todo este tiempo con un puñado de chicos asustados.

Lilah intentó no sentirse afectada por la emoción que reflejaba su rostro.

—Son más de las doce.

Zane entendió en ese momento.

—¡Creías que estaba con Gemma! —fue hasta Lilah y le tomó el rostro entre las manos—. ¿Por qué crees que fundé una ONG en Sídney cuando vivo en Estados Unidos? —contestó él mismo—: Porque quería estar cerca de ti.

Los celos que había sentido al encontrarla hablando por teléfono fueron reemplazados por el deseo. Desde hacía dos años, no pensaba en otra mujer que en Lilah. Por algún extraño motivo era la primera y la única en la que sentía que podía confiar.

Agachó la cabeza para besarla. Ella enredó los dedos en su cabello y se puso de puntillas. Sintió que Zane le quitaba la bata y que la brisa le acariciaba los brazos desnudos. Con un gemido, él la empujó suavemente hasta atraparla contra la encimera, se inclinó y tomó uno de sus senos en su boca. Lilah se sintió atravesada por un intenso deseo. Un segundo más tarde, la habitación giró cuando él la tomó en brazos y la llevó a uno de los sofás, donde la tumbó antes de echarse a su lado. A ciegas, Lilah le desabrochó la camisa hasta que pudo acariciarle la piel. Él terminó de quitársela y la tiró al suelo.

Lilah sintió sus manos en los muslos, la delicada seda de su camisón enredándosele en la cintura.

En los doce años que llevaba saliendo con hombres, era la primera vez que sentía el tipo de intensidad que había leído en los libros.

Ser deseada, descubrió, era el sentimiento más erótico: derribaba sus defensas, disolvía cualquier rastro de resistencia. Incluso preservar su virginidad pasó a convertirse en una idea vaga, abstracta. Y más con el hombre ante el que había estado a punto de sucumbir hacía dos años.

Después de tanto tiempo aferrándose a un ideal de pureza, pensó que sería una liberación.

Zane tomó la cintura de sus bragas y ella, en lugar de resistirse, alzó las caderas para ayudarle. El fresco aire que sintió en las piernas fue reemplazado al instante por el calor del cuerpo de Zane entre sus muslos.

Mientras la parte racional de su ser le decía que no debía permitir que Zane le hiciera el amor, a un nivel profundo sentía que el hombre que la abrazaba y sujetaba en sus brazos como si fuera un objeto precioso para él, era su hombre. Nunca se había sentido tan viva; cada segundo era un instante de gloria. En aquel momento, comprendió que su madre y su abuela lo hubieran arriesgado todo por la pasión. Ni siquiera comprendía cómo había tardado tanto tiempo en averiguarlo por sí misma.

Entrando en acción, ayudó a Zane a quitarse los pantalones y lo sintió caliente y suave contra ella. Zane clavó una mirada ardiente ella y por un instante se quedó inmóvil. Luego, la penetró.

Zane se quedó paralizado y volvió a mirarla fijamente. Su mente, que estaba nublada por la espiral de pasión, súbitamente comprendió.

—Eres virgen.

—Sí —dijo ella.

Zane no se había puesto preservativo. Eso también era para él una primera vez. Apretó los dientes sintiendo el embate de un deseo primario. Nunca antes había perdido el control. Debía detenerse y contener el anhelo de primitiva satisfacción que le producía saber que era el primer hombre de Lilah.

Ella se movía bajo Zane, atrayéndolo hacia su interior. Él apretó los dientes:

—No hagas eso.

Cada músculo de su cuerpo se tensó cuando el interior de Lilah se cerró en torno a él. Atónito, sintió las contracciones del orgasmo apretando su sexo. Un placer arrasador, incontenible, se apoderó de él y lo arrastró al clímax más intenso que había experimentado en su vida.

Pasaron varios minutos en silencio, exhaustos. Hasta que Zane pensó en algo perturbador que le hizo alzar la cabeza. Podía haberla dejado embarazada.

Lilah no quería separarse de Zane. Mientras que para ella el sexo había sido maravilloso, estaba segura de que para él no había sido igual. No parecía haberle gustado enterarse de que era virgen.

Se avergonzó al pensar en la desinhibición con la que había actuado, en cómo se había asido a él, atrapándolo en su interior. Y la recorrió un escalofrío.

Zane la miraba con una inexpresividad inquietante.

–¿Por qué no me habías dicho que eras virgen? Lilah se ruborizó.

–No se había presentado la ocasión.

–De haberlo sabido habría actuado… de otra manera.

–La verdad es que no lo había planeado.

Zane se incorporó sobre el codo.

–Yo tampoco. Si no, habría usado un preservativo. Eso es lo otro que quería mencionar: ¿cabe la posibilidad de que te quedes embarazada?

Lilah se ruborizó hasta la raíz del cabello y no solo por una pregunta que, dada la situación, resultaba pertinente.

–No te preocupes. No es posible.

Intentó esbozar una sonrisa de despreocupación, pero le resultó difícil al pensar que acababa de entregar lo que su abuela llamaba «su más preciada posesión».

–Tomo la píldora –explicó.

Se produjo un silencio y Zane la observó con una nueva frialdad.

–Es un alivio saber que alguien mantiene la cabeza fría. Por un momento he pensado que podíamos ser padres.

–Tranquilo, no es así –Lilah apartó la mirada de los aros que tanto la fascinaban–. Si hay una cosa que no pienso ser es madre soltera.

En el nuevo silencio que se produjo tuvo la sensación de que a Zane no le había gustado su respuesta.

–Puesto que has sido tan eficaz en cuanto a protección…

Inclinó la cabeza y la besó con delicadeza al tiempo le quitaba lentamente el camisón. Lo tiró al suelo y, cubriéndole los senos con las manos, le frotó los pezones con los pulgares. Lilah cerró los ojos y se entregó al delicioso placer de aquellas caricias.

La velocidad a la que sintió que su mente se nublaba, aturdida por la pasión, la alarmó.

Tuvo la sensación de estar emergiendo de un sueño. Había perdido el pudor, se había entregado sin la menor traba. El recuerdo de cómo había azuzado a Zane para mantener sexo sin protección, la hizo ruborizarse. Lo había espoleado cuando él había intentado frenar. Hasta que fue demasiado tarde.

Era como si, extrañamente, una parte salvaje e irresponsable de su ser la empujara a ir en busca de lo que más temía.

La culpabilidad y la angustia la aplastaron. El peso de su historia familiar y el destino que tanto había intentado cambiar debían haber bastado para detenerla.

—No podemos seguir con esto —dijo. Y empujando a Zane por los hombros, serpenteó hasta salir de debajo de él, se levantó y se puso el camisón.

Zane la miró con una intensidad que la quemó a través de la seda.

—Bastaba con que dijeras no —dijo en un tono de indignación que la dejó paralizada.

Lilah se ruborizó ante la verdad de aquellas palabras. Apartó la vista del torso de bronce de Zane a la vez que este se levantaba y se ponía los pantalones. Con las facciones marcadas, el cabello negro despeinado y sus anchos hombros, resultaba hermoso y totalmente masculino.

La incredulidad la invadió de pronto ante la noción de que había hecho el amor con él. Su cuerpo reverberaba con un cosquilleo.

Zane se puso la camisa.

—Hay otra cosa de la que no necesitas preocuparte: enfermedades sexuales. Por si sirve de algo, es la primera vez que practico sexo sin preservativo.

A Lilah se le formó un nudo en el estómago ante la mención de otro peligro que ni siquiera había considerado, y ante el hecho de que hacer el amor hubiera quedado relegado a puro sexo.

–Gracias –se limitó a decir.

Sentía que las mejillas y el cuerpo le ardían. Con veintinueve años era probablemente más ingenua que muchas mujeres de su edad, mientras que Zane era un experto.

–Si no te importa, me voy a la cama.

Zane se cruzó de brazos.

–Nos vemos por la mañana.

Lilah cerró la puerta de su dormitorio, aliviada de estar a solas. Miró la hora. Estaba completamente desorientada. Todavía no era la una. Había bastado media hora para que su vida cambiara dramáticamente.

Con manos temblorosas, se puso unos vaqueros, una camiseta y unas deportivas y se peinó el cabello. Luego empezó a hacer la maleta. En veinte minutos estaba lista.

Se sentó en el borde de la cama y escuchó. Silencio. Fue hasta la puerta y la abrió. El salón estaba a oscuras y no se filtraba ninguna luz desde el dormitorio de Zane. De puntillas, llegó a la puerta y salió al corredor.

Cuarenta minutos más tarde, Lilah entraba en su apartamento. Corrió las cortinas por si había algún fotógrafo acechando, se puso un camisón y se metió en la cama.


Tras una noche agitada, se despertó de madrugada, expectante, pensando que recibiría una llamada de Zane o que este se presentaría en su casa.

Se hizo un té, se tumbó en el sofá y vio la televisión. Sobre las diez, convencida de que Zane no iba a dar señales de vida, volvió a la cama y durmió hasta las dos de la tarde.

Se levantó hambrienta y miró si tenía mensajes. Una vez más, todos eran de periodistas. Borrándolos malhumorada, decidió descolgar el teléfono. Fue a sacar el móvil del bolso pero, al no encontrarlo, asumió que lo había dejado en la suite de Zane.

Para consolarse de la evidencia de que Zane no iba hacer ningún esfuerzo para contactarla, abrió una lata de sopa y se hizo una tostada. Evan fue a verla para devolverle la llave y asegurarse de que estaba bien. A las cuatro volvieron a llamar a la puerta. Era un mensajero, con un paquete.

En cuanto cerró la puerta, Lilah lo abrió, ansiosa, pero el desanimó se apoderó de ella cuando vio que contenía el teléfono. Ni siquiera incluía una nota.

Entonces supo que desde que se había ido del hotel confiaba en que Zane le pidiera que volviera, que le dijera que lo que había pasado era también especial para él. Pero, evidentemente, ese no era el caso.

Abatida, puso a cargar el teléfono. Sonó al instante y abrió el mensaje que había recibido, confiando en que fuera de Zane.

Pero era de Lucas, pidiéndole que lo llamara.

Lilah llamó. La conversación fue breve. Gracias a su nueva popularidad, acababa de ganar un prestigioso premio de diseño en Milán, lo que significaba el reconocimiento internacional de Ambrosi. Una semana antes, Lilah había solicitado el puesto de dirección de una nueva filial, en la isla de Ambrus, una de las más pequeñas del archipiélago de Medinos. Si quería el puesto, era suyo.

El puesto significaba una promoción, con una subida de sueldo y el alojamiento pagado. Si lo aceptaba, podría cancelar la hipoteca de su madre. Incluso ahorrar. Para ella significaba la oportunidad de dejar Sídney y del acoso mediático, y poder comenzar de cero.

El único problema era que Zane vivía la mayor parte del año en Medinos.

Tomando aire, Lilah decidió arriesgarse: aceptó el puesto.

Lucas volvió a llamar a los pocos minutos. Había reservado un vuelo para dos días más tarde. Hasta que encontrara una casa, Lilah se alojaría en el hotel Atraeus, en Medinos.

Decidió llevar el último cuadro que había terminado a la galería donde exponía su obra.

En cuanto entró en la sofisticada sala, el dueño, Quincy Travers, un hombre rollizo y calvo, con mirada inquisitiva, fue a saludarla con los brazos abiertos. Tomó el cuadro animadamente y le dio un cheque de una cantidad astronómica.

–En cuanto he visto que aparecías en la prensa, he sabido que varios compradores añadirían un par de ceros a sus cheques –explicó el marchante–. He vendido todo lo que tenía en un cuarto de hora.

–Fantástico –aunque Lilah estuviera encantada con el cheque que le permitiría pagar las deudas de su madre y aun ahorrar una parte, el dinero fue al mismo agujero negro que la supuesta alegría que debía sentir por el nuevo trabajo.

Las dos cosas estaban asociadas a su recién adquirida notoriedad.

Quincy puso el cuadro en un caballete y se frotó las manos.

–Ni siquiera tengo que ponerle precio. Tengo compradores haciendo cola. El sexo vende. ¿Tienes algo más, cariño? Haríamos una fortuna hasta con unos garabatos.

–Me voy fuera de la ciudad, así que este será el último por un tiempo.

Quincy puso cara de consternación.

–De haberlo sabido, habría pedido más por los anteriores –sacó una agenda de teléfonos y la repasó–. Voy a avisar que este es el último –tomó el auricular–. Por cierto, ¿es verdad que has salido con los dos hermanos a la vez?

Lilah notó que se ruborizaba y se alegró infinitamente de saber que dejaría la ciudad en un par de días.

–No –dijo. Y, agachando la cabeza, salió de la galería precipitadamente.

Solo se había acostado con uno de ellos.


Dos días más tarde, de vuelta de Australia y completamente frustrado por no haber podido localizar a Lilah por teléfono, Zane aparcó el coche delante de la casa de esta. Llamó a su apartamento y, mientras esperaba, revivió los apasionados momentos que habían pasado en el sofá. El entusiasmo con el que se había aferrado a él, el fogonazo que supuso descubrir que nunca había pertenecido a ningún hombre, la fiereza con la que lo había mantenido en su interior como si se negara a dejarlo ir, el estado de congelación cerebral en el que él había entrado al no querer salir de ella...

Cuando descubrió que Lilah se había marchado, se sintió furioso y aliviado a un tiempo. Haber hecho el amor con ella sin tomar precauciones seguía desconcertándolo tanto como haber descubierto que era virgen.

Zane había decidido investigar y, tras un viaje a su ciudad de origen, Broome, había descubierto que, como él, era hija ilegítima. Y esa información le había servido para reunir varias piezas del puzle que Lilah Cole representaba.

Lilah había crecido junto a una madre de salud delicada. Consecuentemente, ella había tenido que asumir su cuidado. Con su trabajo en Sídney, pagaba la hipoteca y la factura médica.

Que Lilah concibiera encontrar marido como si se tratara de una operación militar, demostraba que anhelaba encontrar a alguien que cuidara de ella, lo que la hacía vulnerable a cualquier hombre que ofreciera protección y estabilidad.

Llamó de nuevo al timbre. Cuando ya no pudo aguantar la impaciencia, Zane decidió saltar la valla e ir por la parte trasera. Llamó a la puerta del patio, pero no obtuvo respuesta. Volvió a la puerta delantera y llamó a los vecinos hasta que una mujer con voz ronca le anunció que Lilah había dejado el país, que su apartamento había quedado libre y que si estaba interesado, podía quedárselo.

Zane volvió al coche y una llamada a Lucas bastó para aumentar su enfado.

—Lilah ha volado a Medinos. Ha aceptado dirigir la nueva oficina de Ambrosi Pearls. En unos días iré a Medinos para ver qué tal le va.

Zane apretó el teléfono con fuerza.

—No creo que a Carla le haga ninguna gracia.

Carla era conocida por las escenas que montaba. Pero Zane estaba seguro que, por muy enfadada que estuviera, él lo estaba mucho más.

—Después de lo que se ha publicado en los periódicos, cuanto menos sepa de Lilah, mejor —dijo Lucas, contrariado—. Lo he organizado de manera que pase unos días con su madre mientras yo esté en Medinos.

A Zane se le hizo un nudo en el estómago.

—¿Cuándo se ha marchado Lilah? —preguntó.

—Hoy.

Zane colgó y llamó a Elena. En unos segundos tenía la información que necesitaba: solo había un vuelo diario a Medinos, y el de aquel día ya había despegado.

Zane arrancó a toda velocidad. Si volaba en el avión privado, llegaría antes que el vuelo comercial. Por mucho que su hermano pretendiera tener una cita clandestina con ella, había algo incuestionable: Lilah se había entregado a él, no a Lucas.

# *Capítulo Cinco*

En cuanto Lilah entró en la refrigerada terminal de Medinos, un guarda de seguridad acudió a su lado.

Agotada tras el vuelo, lo siguió hasta una austera sala de interrogatorios. Después de una serie de preguntas en las que apenas se entendieron, dado que el oficial solo hablaba medinés, Lilah consiguió comprender que esperaban a un miembro de la familia Atraeus.

Unos minutos más tarde, un oficial del aeropuerto le llevó la maleta y una taza de café, y revisó su documentación. Al mismo tiempo que le devolvía el pasaporte sellado, Zane, en vaqueros negros y con una holgada camisa blanca, entró en la sala a la vez que se pasaba los dedos por el despeinado cabello.

Lilah tardó unos segundos en comprender.

–¿Tú eres el Atraeus al que esperamos?

El oficial dejó la sala y cerró la puerta a su espalda.

–¿A quién esperabas, a Lucas?

El tono áspero de Zane desconcertó a Lilah.

–Qué yo sepa, sigue en Sídney –añadió Zane. Y con gesto contrariado dejó sobre la mesa un periódico.

«Lucas Atraeus instala a su amante en la isla de Medinos», era el titular de la portada.

Lilah lo dobló y lo tiró a una papelera.

–No lo había visto. En el avión no dan periódicos sensacionalistas –dijo.

Zane se cruzó de brazos.

–¿Quién sabía que venías?

Lilah guardó el pasaporte, tomó el bolso y la maleta y se dispuso a colgarse la funda del ordenador del hombro. Aunque fuera una misión prácticamente imposible, estaba decidida a marcharse.

–Varias personas. No era ningún secreto –dijo, malhumorada.

Zane la observó con una creciente irritación.

–Eso no ayuda mucho. ¿Quién crees que puede haberlo filtrado a la prensa? –se puso en pie y añadió–: Deja eso. Ya te ayudo yo.

A Lilah le enfureció que insinuara que podía haber sido ella quien contactara a la prensa.

–Prefiero hacerlo sola.

–No es necesario. He venido a recogerte.

Sin darle tiempo a reaccionar, Zane le quitó el ordenador, se lo colgó del hombro y colocó la bolsa sobre la maleta con ruedas.

–No lo entiendo –dijo ella súbitamente–. Ni me llamas, ni vienes a verme y ahora…

–Te he estado llamando, pero tu teléfono no funciona.

–¿No creerás que he filtrado la noticia porque pretendo convertirme en la amante de Lucas?

–O para que Lucas y Carla rompan.

Lilah estuvo tentada de tirarle a la cara lo que quedaba del café, pero en lugar de eso, se acercó a él y le deslizó los dedos por el pecho hasta posarlos sobre su corazón.

Con ojos centelleantes, Zane le sujetó la mano por la muñeca y le apretó la palma contra su pecho.

–¿Por qué elegiste marcharte?

Lilah se quedó atónita al enterarse de que Zane habría preferido que se quedara.

–No pensaba que fueras… en serio.

Zane la miró fijamente.

–A mí no me interesan los rollos de una noche.

Lilah podía sentir contra la palma de la mano el calor que irradiaba su pecho.

–¿Todas esas historias que aparecen en la prensa sobre mujeres espectaculares son mentira?

Zane la sujetó por la nuca con la mano que tenía libre.

–Casi todas –dijo, atrayéndola hacia sí.

Aturdida, Lilah se dio cuenta de que aquello era lo que llevaba deseando dos días que Zane hiciera. Finalmente, había ido en su busca, y como un corsario, parecía decidido a arrastrarla a su cama.

–Si eso es verdad, la prensa también puede haber mentido sobre mí.

–Quizá –dijo él.

–No tengo el menor interés en romper el compromiso entre Lucas y Carla.

–Me alegro, porque quiero hacerte una proposición –Zane le mordisqueó la oreja–: Pasar dos días los dos solos. Te ofrezco el paraíso.

Un torbellino de emociones le nubló la mente a Lilah, dejándola sin aliento. La idea de pasar un tiempo con Zane antes de enfrascarse en su trabajo y de retomar la búsqueda del marido ideal, era irresistible, aunque aceptar fuera peligroso y solo pudiera causarle problemas.

–Sí.

Vio un destello de satisfacción en los ojos de Zane antes de que este la besara y Lilah olvidara respirar.


Diez minutos más tarde, estaba instalada en la limusina, con Zane a su lado y Spiros al volante. Pronto, aparcaban en un puerto deportivo con impresionantes yates y veleros.

–Hace un día precioso. He pensado que te gustaría ir en yate.

Spiros abrió la puerta de Lilah y para cuando esta bajó y se puso las gafas de sol, Zane estaba ya en el embarcadero y soltaba unos cabos.

Para cuando llegó al elegante yate, sus maletas ya estaban dentro y Zane le tendió la mano para ayudarla a subir a bordo.

Casi instantáneamente, el motor se puso en marcha. Desde el embarcadero, Spiros desató el último cabo y lo lanzó sobre la popa.

En unos minutos, habían salido a la bahía y el barco tomó velocidad, rebotando suavemente sobre la superficie del agua. Lilah se sintió levemente mareada y se sentó para disfrutar del paisaje. En lugar de avanzar paralelos a la costa, parecían ir mar adentro. La costa de Medinos se alejaba en el horizonte y se aproximaban a Ambrus.

Lilah se retiró unos cabellos que flotaban ante su rostro y, poniéndose en pie, sin dejar de sujetarse al asiento, comentó:

–Este no es el camino al hotel.

–Te estoy llevando a Ambrus.

–Pero si en Ambrus no hay nada.

–Eso no es estrictamente cierto –dijo Zane, mirándola brevemente–. Hay un hotel en construcción en la costa norte.

El yate rodeó un cabo y el agua se amansó. Lilah observó la curva de la playa y las ruinas de la antigua granja de perlas que había sido destruida en la Segunda Guerra Mundial.

–Habías dicho dos días en el paraíso –dijo Lilah, indicando la isla el brazo.

–Recuerda que a veces las apariencias engañan.. Te llevaré a Medinos en un par de días. En cuanto Lucas se vaya.

Lilah miró la desierta costa.

–¿Al menos hay electricidad y conexión a Internet? –preguntó con resignación.

–Hay un generador eléctrico, pero no Internet.

–Entonces tenemos que volver. Mi gente se preocupará e intentará localizarme.

–Por ejemplo, ¿quién?

–Amigos… –dijo Lilah vagamente.

–¿Y no puedes vivir dos días desconectada? –preguntó Zane con sarcasmo.

73

–Puede que no –dijo ella, cruzándose de brazos.

Tras el fracaso con Lucas, le había entrado la urgencia de ponerse en acción y se había comprometido a varias citas. Howard había sido solo la primera de una serie.

El sonido del motor se fue suavizando a medida que se aproximaban a la costa. Al contemplar la media luna que formaba la playa, Lilah fue consciente de hasta qué punto iban a estar aislados. Entonces comprendió plenamente.

–¡Me estás raptando!

Zane frunció el ceño.

–No seas tan dramática. Vamos a pasar un par de días juntos en una casa en la playa, eso es todo.

Lilah sintió que el corazón se le aceleraba ante la determinación que Zane mostraba por tenerla en exclusiva para él.

Lo admitiera o no, la había raptado.

–Supongo que en Medinos es una misión imposible denunciar a un Atraeus –bromeó ella.

Zane se irguió y sus hombros se sacudieron por la risa. Volviéndose, sonrió con picardía.

–Imposible, no. Pero no vale la pena que te molestes.

El bote hinchable alcanzó la orilla de reluciente arena blanca. Zane saltó al agua con agilidad y lo arrastró hacia la orilla. Sin aceptar la mano que él le tendió, Lilah bajó a su vez. El agua, que le llegaba a los tobillos, estaba más fresca de lo que esperaba.

Anduvo hacia la playa mientras Zane ataba el bote al aro de un viejo poste de hierro.

Lilah se protegió los ojos del sol con la mano y vio que más allá del poste había una planicie de hierba alta, intercalada con matas de romero y tomillo. Hacia el fondo, siguiendo la amplia curva del estuario, se intuían restos de edificios. A la derecha, y flanqueada por dos grupos de retorcidos olivos, estaba la que debía haber sido una grandiosa villa. Lilah dedujo que se trataba de la mansión de Sebastien Ambrosi. El abuelo de Sienna y Carla Ambosi había abandonado Medinos en los años cuarenta y se había establecido en Broome, Australia, donde había reestablecido el negocio Ambrosi Pearls.

–La casa es más pequeña de lo que imaginaba –comentó Lilah.

–¿Conocías a Sebastien Ambrosi?

–Mi madre trabajó para él en Broome, seleccionando y clasificando perlas. Siempre fue muy amable con nosotras –Lilah se encogió de hombros–. Ambrosi Pearls me ha fascinado toda mi vida. Siempre he querido conocer Ambrus.

Mientras Zane bajaba las maletas, Lilah caminó por la orilla. No se divisaba más que la línea del horizonte en la que se encontraban el mar y el cielo; ni Medinos, ni ninguna otra isla. Solo había agua y soledad.

Observó la casa de la playa de los Atraeus, situada en la curva de unos irregulares acantilados. Se trataba de una sofisticada construcción en tres niveles, con grandes cristaleras y una combinación de curvas y rectas proyectadas hacia adelante que le proporcionaban el aspecto de un barco propulsándose sobre las rocas. Desde la altura a la que se encontraba debían divisarse unas magníficas vistas.

–¿Estás bien?

Lilah se giró.

–Aparte de ser tu prisionera, perfectamente.

A Zane no pareció hacerle la menor gracia.

–No estás prisionera. He pedido a una pareja de Medinos, Marta y Jorge, que vinieran. Ella es chef y él, mayordomo.

–Aun así, esto es un rapto.

Zane apretó los dientes.

–Si tienes hambre, podemos comer algo. Estoy seguro de que Marta habrá preparado el almuerzo.

Zane suspiró aliviado cuando Lilah apareció, tras ducharse y ponerse un vestido blanco, en uno de los porches. Marta había dispuesto una deliciosa selección de ensaladas y embutidos. Y mientras Zane observaba comer a Lilah, que parecía sentirse en casa en aquel medio natural, se sintió poseído por un intenso deseo de que le perteneciera en exclusividad.

La casa de Ambrus era un lujoso lugar de descanso. Lilah era la primera mujer a la que llevaba allí. Cada vez era más consciente de que lo que sentía por ella no era solo atracción, sino que le gustaba de verdad; incluso cuando lo sacaba de quicio. Como desde que la había recogido en el aeropuerto.

Estaba decidido a hacer lo que fuera necesario. Y aunque Lilah ofreciera resistencia, Zane sabía que acabaría por ceder. Por mucho que lo negara, él estaba seguro de que también ella lo deseaba. Hasta aquel momento, no había estado seguro de cómo actuar, pero la situación se había simplificado. Lucas había tenido su oportunidad y había elegido. Zane ya no iba a permitir que ni él ni ningún otro hombre se acercara a Lilah.

Esa decisión se había asentado en su pecho como un calor que se expandía por el resto de su cuerpo. Tras una vida de soltero vividor, había llegado el momento cambiar radicalmente. Y una vez había averiguado que eso era lo que quería, estaba ansioso por lograrlo. Eso no significaba que supiera cómo podían hacer funcionar aquella relación, ni tan siquiera si Lilah estaría dispuesta a intentarlo, pero él pondría todo su empeño en ello.

Lilah dejó el tenedor y bostezó.

–Voy a echarme una siesta.

Zane reprimió el impulso de seguirla y entró en la casa. Después de haberla raptado, intentar acostarse con ella daría la impresión equivocada. Zane estaba interesado en una relación madura, así que tendría que obrar en consecuencia. Necesitaba ganarse la confianza de Lilah.

Cuando Lilah despertó, el sol se había puesto y en el aire flotaba un delicioso aroma a comida.

Tras refrescarse en el lujoso cuarto de baño, se recogió el cabello y, tras observarse en el espejo y comprobar que tenía aspecto desaliñado, decidió que si iba a tener una aventura de dos días, debía vestirse a la altura de las circunstancias.

Eligió un vestido sencillo de color marfil con un escote pronunciado; se puso perlas de pendientes y dedicó un tiempo al maquillaje. Sintiéndose más animada, pero también inquieta, se dirigió al salón principal.

Durante dos días, se daría permiso para dejar a un lado sus planes de matrimonio y se entregaría a un peligroso romance con el hombre que menos le convenía.

Zane estaba en el porche, con unos pantalones negros y una camisa de gasa blanca que intensificaba sus poderosos hombros y su radical masculinidad. Con el cabello recogido en una coleta, los aros eran más visibles, dándole una increíble similitud con su antepasado pirata.

Desde el interior llegaba un sonido de música clásica. Marta había puesto la mesa, en aquella ocasión con un mantel de damasco, cubertería de oro y unos elegantes candelabros, también de oro. Las velas proporcionaban una luz delicada, que se reflejaba en las delicadas copas de cristal. Con el porche flotando sobre las rocas, la oscuridad que los rodeaba y el brillo del mar a sus pies, Lilah tuvo la impresión de estar en la proa de un barco.

La cena consistió en un gazpacho con bollos de pan recién horneados, seguido de un guiso de carne y pasta. De postre, tomaron pastas de miel, higos y queso fresco.

Después de que Marta y Jorge recogieran, Zane sugirió entrar y Lilah accedió, pensando que le serviría para distraerse de la noción de que estaban finalmente solos. Para disimular su inquietud, recorrió la sala inspeccionando las obras de arte, hasta detenerse ante una preciosa acuarela con un sendero que ascendía hasta lo que parecía una cueva.

La voz grave y sensual de Zane la sobresaltó cuando este le dijo prácticamente al oído:

–Estaba en la vieja villa. Fue una de las pocas cosas que sobrevivió al bombardeo de la Segunda Guerra Mundial.

Lilah se fijó en la firma.

–Claro, es de Sebastien.

–Puede que reconozcas el paisaje –Zane alargó la mano y señaló el pico de una montaña–. Es una zona próxima a la villa.

Lilah sentía los nervios a flor de piel al tener a Zane tan cerca. El calor de su aliento en la nuca la hizo estremecer.

–¿Quieres beber algo?

Para cuando Lilah se volvió, Zane ya estaba al lado de un mueble bar, con una copa en una mano y una botella de brandy en la otra.

–No, gracias.

Zane se sirvió una copa y señaló unos sillones de cuero.

–Toma asiento.

Lilah eligió el más próximo a la chimenea e intentó relajarse.

–¿Por qué no me has dicho que Evan es gay? –preguntó Zane a bocajarro.

–¿Por qué lo sabes? –dijo ella, airada. Al instante se dio cuenta de que era una pregunta absurda. Ese era el papel de Zane en el grupo familiar, resolver problemas aunque para ello fuera necesario utilizar métodos deshonestos–. ¿Nos has investigado a Evan y a mí?

Zane la miró contrariado.

–He hecho algunas preguntas en la oficina Ambrosi. Me lo dijo una chica que trabaja en el departamento de relaciones públicas. Creo que se llamaba Lisa.

Lilah resopló. Lisa, que era una romántica empedernida, habría contado cualquier cosa si creía que Zane hacía averiguaciones porque estaba interesado en ella.

–Accedí a acudir con él a algunas reuniones sociales para ayudarle a preservar su imagen en la empresa.

Zane se colocó a un lado de la chimenea, de pie.

–¿Y qué hay del jefe de Evan?

Lilah recordó la noche en la subasta de arte en la que Zane la había encontrado intentando esquivar a Britten después de haberle hecho algunas preguntas sobre el matrimonio, que este había interpretado erróneamente.

–Creía que tenías algo con Evan y con Britten.

Lilah contempló las llamas. Eso explicaba que Zane la hubiera evitado durante dos años.

–Y cuando hicimos el amor y descubriste que no había dormido con ninguno de los dos, ni con Lucas, ¿por qué no intentaste dar conmigo?

–Pensé que los dos necesitábamos darnos un tiempo. Además, decidí ir a Broome.

La mención de su ciudad de origen hizo que Lilah alzara la cabeza bruscamente.

—¿Para visitar las granjas de perlas?

—No. Fuí a ver a tu madre. Necesitaba su permiso.

Por una fracción de segundo, Lilah llegó a cuestionarse la posibilidad de que Zane hubiera enloquecido y fuera a pedirle la mano. Pero descartó la idea. Para eso, Zane tendría que amarla.

—¿Permiso para qué?

—Para cancelar su hipoteca y sus créditos.

—No tienes derecho a inmiscuirte en los asuntos de mi familia, ni a ofrecer dinero a mi madre.

—El acuerdo no tiene nada que ver contigo, ni conmigo, ni con nuestra relación.

—Tú y yo no tenemos una relación. Y mi madre no va a poder devolverte el dinero.

—No quiero que me lo devuelva.

—Entonces, ¿qué quieres?

—Ya lo tengo: tranquilidad.

Lilah frunció el ceño.

—¿Por qué iba a darte tranquilidad pagar las deudas de mi madre?

—Porque así te libero de presión. Tu madre estaba preocupada por ti —Zane sacó un papel del bolsillo.

Lilah reconoció el cheque que le había enviado para que cancelara su hipoteca. Evidentemente, no lo había ingresado.

Zane lo dejó sobre la mesa de café.

—Puedes devolvérselo a Lucas.

La frialdad con la que Zane habló hizo que Lilah alzara la barbilla con gesto digno.

–Ese dinero no procedía de Ambrosi. Aunque, indirectamente, tanto tú como Lucas me ayudarais a ganarlo –ante la mirada de incredulidad de Zane, Lilah añadió–: La fama que he adquirido gracias a vosotros ha incrementado el precio de mis cuadros exponencialmente –tomó el cheque–: Este es el resultado.

Zane se lo quitó y, arrugándolo, lo tiró al fuego.

–¿Tienes idea de lo que sentí al verlo y creer que Lucas te estaba ayudando económicamente?

Lilah se puso en pie de un salto.

–¿Qué creías? ¿Que era un anticipo para que me convirtiera en su amante?

–Algo así.

Lilah resopló y respiró profundamente para intentar calmarse. Podía entender la reacción de Zane por sus orígenes. Sabía que su madre había pasado de formar parte de la élite de chicas de buena familia a caer en la adicción a las drogas, lo que la había conducido a depender de una serie hombres sin escrúpulos para poder mantener a su hijo. Zane había vivido en precariedad hasta los catorce años.

–No comprendo cómo has podido creer algo así.

Zane se acercó y hundió los dedos en su cabello. Lilah notó que las horquillas cedían. Un segundo más tarde, el cabello le caía suelto.

–Primero fuiste a Medinos para una cita con Lucas. Ahora estás aquí y Lucas planea pasar un par de días en Medinos sin su prometida.

Lilah frunció el ceño.

–Lucas es mi jefe, eso es todo. Lo único que me gustaba de él era que se parecía a ti.

La contundente frase sorprendió a Lilah tanto como a Zane.

–Apenas me conocías.

Lilah lo tomó por el cuello de la camisa y le desabrochó un botón distraídamente.

Zane le hizo alzar el rostro para que lo mirara.

–No te sigo.

–Atracción fatal, la sacudida de un rayo…

–Sigo sin comprender.

–Sexo –musitó ella con osadía–. Digamos… un romance.

Zane la soltó con expresión de desagrado.

–Quieres decir un romance pasajero con un hombre más joven que tú –dijo. Y separándose de ella, añadió–: Será mejor que te aclare algo. No te he traído aquí para tontear un par de días. Si quieres que te haga el amor, vamos a proceder de manera racional y adulta.

Lilah se ruborizó. Zane quería decir que dejara de comportarse como una adolescente en celo, y eso la llevó a pensar que su madre y su abuela debían haber sentido algo parecido. Probablemente también ellas habían intentado actuar con sensatez, hasta que un hombre les había hecho perder la cabeza y se habían dejado llevar por su naturaleza apasionada.

–Ahora que lo dices, no creo que sea el mejor momento para hacer el amor.

Zane la miró con frialdad.

–Entonces, buenas noches. Si necesitas algo, estoy al final del pasillo. O si lo prefieres, puedes llamar a Marta o a Jorge, que duermen en el apartamento de abajo. Eso sí, recuerda que solo hablan medinés.

Lilah estuvo a punto de preguntar «¿y si cambio de idea?», pero se mordió la lengua.

Ya había tomado varias decisiones precipitadas en lo que concernía a Zane. Si no quería arriesgarse a cometer más estupideces, debía reflexionar.

Aunque estaba prácticamente segura de que la siguiente estupidez estaba en camino.

# Capítulo Seis

A la mañana siguiente, Lilah se despertó agotada y con la cabeza pesada después de haber pasado una noche agitada.

Fue al cuarto de baño y se miró en el espejo.

El rechazo de Zane había hecho cambiar las tornas. Sexualmente, la pelota estaba en su tejado. Estaba claro que si lo deseaba, tendría que ser ella la que diera el primer paso. No habría indefinición en cuanto a quién hacía qué.

La propuesta de Zane le había hecho cambiar el foco de atención. En lugar de seguir convenciéndose de que debía resistirse a él, había pasado a plantearse cómo debía actuar para pedirle sexo a un hombre.

Se duchó y se puso una camisola y unos pantalones cortos encima del biquini, por si quería darse un baño. Luego fue a la cocina, donde descubrió que el objeto de su inquietud se había ido temprano a navegar, según consiguió entender a Marta.

Sintiéndose a un tiempo aliviada y desilusionada, Lilah salió al porche y vio que, efectivamente, el barco no estaba.

Después de desayunar, bajó a la playa para darse un baño. Una vez se secó al sol, volvió a la casa para ducharse. Luego recorrió la casa y estudió la colección de arte, deteniéndose una vez más ante la acuarela de Sebastien Ambrosi.

Zane había comentado que se trataba de un rincón de la isla e, impulsivamente, Lilah decidió ir en busca de la cueva. Se puso unas deportivas e indicó por señas sus planes a Marta.

Después de explorar los alrededores de la villa, Lilah encontró un sendero escarpado en la parte trasera. Al cabo de veinte minutos, llegó a un alto desde el que la vista era magnífica. En la distancia se intuían los picos de la cordillera de Medinos. Pero no vio ninguna señal de la cueva.

Se sentó en una roca y sacó el móvil. No tenía cobertura. Curiosamente, en lugar de sentirse atrapada, le resultó liberador.

Cuando empezó a descender por una pendiente rocosa, vio que Zane atracaba en la bahía. En ese mismo instante se torció el tobillo y la atravesó un dolor agudo. Cuando se irguió y fue a continuar, se resbaló y fue deslizándose hasta acabar en una zona que se ensanchaba.

Conteniendo la respiración, se puso en pie para comprobar el estado de su tobillo, el mismo que se había torcido en Sídney. Decidida a ignorar la molestia, caminó, aunque con cierta dificultad, para ver si se le pasaba.

Empezó a llover. Estaba concentrada en recorrer un tramo estrecho, con una peligrosa caída a ambos lados, cuando vio que Zane caminaba hacia ella y volvió a caerse, en esa ocasión, hasta golpearse la espalda con el suelo. Permaneció echada con los ojos cerrados y contó hasta diez. Cuando los abrió, Zane la estaba mirando. La lluvia le caía por el mentón y la camiseta, empapada, se le pegaba al torso, delineando sus abdominales.

–Habías hablado de dos días en el paraíso –dijo ella.

–Y lo habrían sido si los hubiéramos pasado en la cama.

Lilah se sentó y se inspeccionó el tobillo. Simultáneamente, se dio cuenta de que también su camisola estaba calada y que se le transparentaba todo.

Zane se puso en cuclillas a su lado y le tomó el tobillo.

–¡Ay, no me toques! –a pesar del dolor, Lilah sintió una sacudida de deseo atravesarla.

Zane mantenía una expresión irritantemente impasible.

–No está hinchado, así que no puede dolerte mucho. ¿Cómo te lo has hecho?

–Me he resbalado dos veces.

–¿Puedes caminar?

–Sí.

–Da lo mismo –Zane la ayudó a incorporarse y la tomó en brazos.

La lluvia arreciaba y Lilah se asió a sus hombros.

–Peso demasiado.

Zane miró a su pecho y con una sonrisa, dijo:

–Tiene sus compensaciones –en lugar de continuar hacia la playa, giró hacia unas rocas que había a la izquierda. Cuando rodearon una de ellas, una abertura se hizo visible–. Esta es la cueva de Sebastien –apuntó Zane.

–Pensaba que estaría cerca.

La boca de la cueva era lo bastante ancha como para permitir que la luz se filtrara al interior. Zane depositó a Lilah en una roca redondeada, se quitó la mochila que llevaba a la espalda y sacó una linterna. El haz iluminó la pared trasera y una vieja lámpara de cobre que descansaba sobre una repisa natural junto a un encendedor.

Zane volvió a inspeccionar el tobillo de Lilah.

–Necesitas un vendaje.

Lilah retiró el pie como si sus manos le quemaran.

–No es necesario. Apenas me duele.

–Pues se está empezando a hinchar –dijo Zane. Y se quitó la camiseta.

La tenue luz se proyectó en su magnífico torso, en el que se apreciaban las pequeñas cicatrices que lo salpicaban. Una de ellas era mayor y describía una curva sobre su cadera.

Lilah se obligó a apartar la vista.

–¿No deberías cubrirte? –dijo. Irritada por saber que Zane era plenamente consciente de hasta qué punto la turbaba.

–Tú eliges: mi camiseta o la tuya.

Lilah intentó permanecer impasible y contestó:

–La tuya.

–Eso suponía.

Zane usó los dientes para cortar una tira. Luego tomó la pantorrilla de Lilah y le envolvió el tobillo.

–¿Dónde has aprendido primeros auxilios?

–Navegando –Zane rasgó el final de la tira en dos para poder hacer un nudo.

–¡Ay! –protestó ella.

Él enredó un mechón de cabello de Lilah en el dedo y bromeó:

–¿Te parece que esto encaja con la imagen de pirata?

Lilah resistió la tentación de coquetear con él y se limitó a contestar:

–Sí.

Zane se puso en pie para reprimir el impulso de besarla y fue a inspeccionar la lámpara, que tenía un resto de queroseno. Intentó encenderla con un mechero que llevaba en la mochila, pero no funcionó. Luego probó con el viejo encendedor, que debía datar de la Segunda Guerra Mundial, y prendió a la primera. Unos segundos más tarde, la luz dorada de la lámpara iluminaba la cueva.

–Tiene más de setenta años y sigue funcionando. Ya no se fabrican cosas tan duraderas.

Zane vio que Lilah sonreía y la manera en que su rostro se iluminó, le hizo contener el aliento. Ella le sostuvo la mirada con una osadía que le aceleró el corazón. Luego la desvió y sus mejillas se sonrosaron.

–A veces se me olvida que eres un Atraeus –dijo Lilah, encogiéndose de hombros.

Zane apretó los dientes para dominar el impulso de besarla hasta que se derritiera en sus brazos. Necesitaba recordarse constantemente que quería actuar como un adulto.

–Antes de ser un Atraeus, fui Salvatore. En Los Ángeles eso significa lo contrario a ser un Atraeus en Medinos.

–¿De esa época proceden tus cicatrices?

–Así es –dijo él con una sonrisa de tristeza. Luego tomó la lámpara y añadió–: Voy a inspeccionar el resto de la cueva. Espera aquí.

Cuando volvió, Lilah se estaba poniendo de pie torpemente. Él dejó la lámpara y la sujetó por la cintura.

–Últimamente pierdo el equilibrio cada vez que te veo –dijo ella, asiéndose a sus hombros.

–No me parece mal –dijo Zane. Y con la deliberada calma que había decidido mantener tras largas noches en vela, dio un paso adelante para que Lilah apoyara su peso en él–. Mejor así.

Ella le rodeó el cuello con los brazos con una naturalidad que sosegó al instante a Zane. A pesar de la desastrosa conversación de la noche previa, Lilah seguía deseándolo.

Sus senos se aplastaron contra su pecho, sacudiéndolo con una corriente de deseo sobre la que ejerció un férreo control. Estaba decidido a actuar sensatamente. Ella lo miró a los ojos.

–¿Por qué has salido a navegar sin mí?

Una ráfaga de viento, acompañada de lluvia, barrió la cueva.

–Quería darte tiempo para pensar. Si hubieras querido marcharte de la isla, te habría acompañado, pero…

–No quiero irme.

A Zane se le secó la boca ante su cambio de actitud. Un trueno restalló en el exterior.

–Ven a ver lo que he encontrado –dijo. Y ayudando a Lilah la llevó hacia el fondo de la cueva, que se estrechaba y curvaba hacia un segundo espacio que estaba amueblado con una mesa, dos sillas, una cómoda y un sofá. Aunque estaba todo polvoriento, el efecto general era de una dramática elegancia.

–¿Qué es esto?

Zane ayudó a Lilah a sentarse en una silla y, al retirar una tela que cubría el sofá, se vio que este era de terciopelo rojo.

–Yo diría que es el nido de amor secreto de Sebastien Ambrosi.

Lilah acarició el terciopelo. Había oído hablar de aquel lugar a su abuela, que conocía bien a Sebastien. Según la historia de los Ambrosi, Sebastien había pedido la mano de Sophie Atraeus, pero para salvar la delicada situación de las finanzas de los Atraeus en aquel momento, Sophie fue prometida a un rico empresario egipcio.

–Aquí se encontraba con Sophie –dijo Lilah.

–Veo que conoces la historia.

Zane le fue quitando las horquillas hasta soltarle el cabello y con premeditada lentitud, la besó. Ella se sostuvo sobre el pie bueno y se abrazó a él.

El beso fue cálido y delicado, pero tras una noche luchando contra sus propios principios y torturada por el deseo reprimido, a Lilah le supo a poco.

Zane la miró con expresión risueña y dijo:

–Estoy intentando ir despacio.

–Dadas las circunstancias, no tiene sentido.

Zane la atrajo por las caderas hacia sí.

–¿Esto te parece mejor?

Lilah ocultó el rostro en su cuello y aspiró su aroma, conmovida por su actitud.

–¿Qué temes? ¿Perder el control y que tengamos sexo sin protección?

Zane sacó un plástico y se lo dio.

–Eso no va a volver a pasar –dijo. Y la besó apasionadamente.

Lilah sintió las manos calientes de Zane sobre su piel fresca cuando él le quitó la blusa por la cabeza. Ella alzó los brazos para ayudarle. Unos segundos después le quitaba el sujetador.

Lilah se sujetó a sus hombros mientras él le bajaba los pantalones y las bragas. Cuando se incorporó, ella le desabrochó el pantalón y él se quitó las deportivas y dio un paso para dejar los pantalones en el suelo. Luego entrelazó sus dedos con los de Lilah y se estremeció al sentir sus pieles en contacto.

El viento ululaba en el exterior, el aire húmedo ponía a Lilah la carne de gallina. Zane la abrazó.

–Este no es un lugar adecuado para hacer el amor.

Lilah se acurrucó contra él.

–Lo era para Sebastien y Sophie.

–Hace casi setenta años –Zane le sujetó por la nuca y le mordisqueó la oreja–. Yo había pensado en sábanas de seda, música suave…

–¿Es que has perdido tu espíritu aventurero?

–Lo dejé en Los Ángeles –dijo Zane con voz grave.

A continuación la ayudó a echarse en el sofá y la acompañó, enredando sus piernas con las de ella, dejándole sentir su peso. El sofá era estrecho y duro, pero Lilah no sintió la incomodidad porque el placer de sentir el calor del cuerpo de Zane dominaba cualquier otra sensación.

Besó a Zane con una fiereza que la desconcertó. Podía notar el sexo de Zane entre sus piernas. Recordó el preservativo y dijo:

–Voy a necesitar ayuda con esto.

Zane sonrió y se lo quitó de la mano.

–Déjame a mí.

Lo sacó del paquete y se lo puso con destreza. En unos segundos, estaba en su interior. Lilah no podía ni pensar ni respirar. Él se quedó quieto, mirándola fijamente. Y tras lo que pareció una eternidad, comenzó a moverse a un ritmo pausado y sentido, que conmovió a Lilah. Aquello era hacer el amor y no los frenéticos instantes que habían compartido en Sídney.

Zane mantuvo la mirada fija en ella mientras las sensaciones se incrementaban e iban apoderándose de su cuerpo, provocándole una deliciosa tensión en el vientre.

Durante varios minutos, Lilah se sintió flotar, desconectada, satisfecha, entregándose a la embriagadora intimidad del cuerpo de Zane, descubriendo que hacer el amor era mucho más de lo que ella jamás hubiera imaginado.

Como si le leyera el pensamiento, Zane alzó la cabeza, se asentó sobre un codo, le tomó el rostro con la mano libre y, acariciándole los labios con el pulgar, susurró:

–La próxima vez, haremos el amor en una cama.

La vibración del móvil de Zane rompió el cómodo silencio. Sacó el teléfono del pantalón y miró la pantalla.

–Lo siento. Es una llamada de trabajo.

Se puso los vaqueros y fue al exterior de la cueva para hablar.

Al quedarse sola, Lilah sintió frío y se puso la ropa húmeda precipitadamente. La tormenta había pasado y el sol se filtraba en el interior, despejando levemente la penumbra.

Lilah estudió la habitación de los dos amantes. Al desaparecer Sophie tras un bombardeó, se rumoreó que Sebastien la había llevado con él a Australia. El misterio no aclarado había dado lugar a un contencioso entre las dos familias que duraba hasta el presente.

Lilah abrió un cajón de la cómoda y encontró una caja y una carta. En la caja había una colección de joyas que reconoció al instante porque ella misma había diseñado joyas inspiradas en ese conjunto, que aparecía en los bocetos de Sebastien. Pertenecían a los Ambrosi, y Sebastien había sido acusado de robarlas.

Con el corazón acelerado, Lilah desdobló el amarillento papel. Aunque no entendía casi medinés, le bastó para comprender que era una carta de amor.

En cuanto Zane volvió, le mostró lo que había encontrado.

–Es la carta de despedida de Sophie a Sebastien –dijo él, dejándola sobre la caja tras leerla–. Por fin se resuelve el misterio. Sophie embarcó en uno de los barcos que fue bombardeado.

–Y dejó las joyas aquí.

–Probablemente para que no se perdieran. Cuando las islas fueron evacuadas, mucha gente escondió sus objetos valiosos en cuevas.

Lilah acarició un delicado collar de filigrana.

–Son más que joyas, representan la historia de tu familia. Y son un símbolo de amor.

Zane la observó y ella, súbitamente avergonzada, cerró la caja y probó a apoyar el peso sobre el pie lesionado.

–Creo que puedo andar.

Zane le quitó de las manos la caja, que dejó sobre la cómoda, y la atrajo hacia sí.

–Todavía no.

Para cuando dejaron la cueva, atardecía. Descendieron lentamente y la mágica noche se prolongó con una cena a la luz de las velas.

La tensión de la noche anterior se había borrado por completo, y cuando Zane tomó la mano de Lilah, resultó completamente natural que los dos se fueran juntos a la cama.

Cuando Lilah se despertó a la mañana siguiente, estaba sola. Decepcionada por no tener a Zane a su lado, se duchó y vistió con una camiseta y una falda blancas, y bajó. Zane estaba en el porche, desayunando y contestando mensajes.

–Todavía tienes el tobillo hinchado –dijo, poniéndose en pie al instante y ayudándola a sentarse.

–Levemente. En cuanto camine un poco, mejorará –contestó Lilah.

Aunque le desilusionó que Zane no la besara, se dijo que estaba concentrado en el trabajo y se sirvió un vaso de zumo de naranja.

–Apenas vas a tener que caminar–dijo él. E inclinándose, le dio un beso en la boca. Lilah se relajó al instante y la sospecha de que había perdido interés en ella, se desvaneció–: Volvemos a Medinos. He pedido un helicóptero.

Las protestas de Lilah no sirvieron de nada y Zane insistió en que fuera a ver a un médico.

El helicóptero los dejó en los terrenos del castillo Atraeus. Zane cargó el equipaje en su coche y condujo hasta una clínica privada. Allí los recibió un médico rechoncho y amable. Tras una sesión de fisioterapia, salieron a la calle, y Lilah pudo caminar casi con total normalidad hasta el coche.

Una vez llegados a Medinos, se había dado cuenta de que por muy maravilloso que fuera el tiempo que habían pasado Zane y ella juntos, tenía que acabarse. No podía olvidarse de sí misma porque Zane quisiera pasar unos días con ella. Mientras conducía, lo miró de soslayo, diciéndose que tenía que acostumbrarse a volver a verlo como uno de sus jefes.

–Está bien –dijo él con firmeza–. ¿Qué pasa?

–Nada –dijo Lilah, decidiendo ignorar la irritación que había visto brillar en sus ojos–. Necesito tiempo para procesar lo que ha pasado.

Zane se pellizcó el puente de la nariz con gesto de impaciencia.

–Un comportamiento típicamente femenino.

Sus miradas se encontraron y solo entonces Lilah se dio cuenta de hasta qué punto había estado a punto de cancelar todas sus citas por pasar más tiempo con él.

Observó sus masculinas facciones, sus ojos entornados y la tensión en su mandíbula, sin llegar a comprender. Zane era demasiado rico, demasiado atractivo, y estaba demasiado acostumbrado a conseguir lo que quería. Había estado loca al creer que podría controlar la situación.

–Ya han pasado dos días –dijo.

Zane frunció el ceño.

–Podemos pasar más tiempo juntos. No tienes que incorporarte hasta dentro de unos días.

–Un romance no entraba en mis planes. Tengo cosas que hacer.

–¿Como revisar tu lista de candidatos a esposo?

Tras una pausa cargada de tensión, Lilah dijo:

–No sé por qué lo sabes, pero así es.

El corazón se le encogió. Una vez se separaran, apenas vería a Zane, puesto que este trabajaba fundamentalmente en los Estados Unidos.

–Háblame, Lilah.

Lilah lo miró y, al atisbar en sus ojos una vulnerabilidad que la conmovió, supo que había cometido un error. Por un segundo, creyó que Zane verdaderamente quería estar con ella.

–No creo que sea una buena idea continuar –dijo, sin librarse de la sorpresa de que Zane, que parecía indiferente al amor, insistiera en conservarla a su lado.

Debía mantenerse firme y acabar en aquel mismo instante. Seguir con Zane arruinaría sus planes de un matrimonio estable. De hecho, ya ni siquiera estaba motivada para quedar con los hombres que había seleccionado.

También era un hecho que las circunstancias habían cambiado mucho. Ella misma había cambiado; tenía una situación económica desahogada y... ya no era virgen.

La diferencia era enorme. Había descubierto que si no se sentía atraída físicamente por su marido, la relación no funcionaría. Eso restringiría drásticamente sus posibilidades. Estaba convencida de que ninguno de los hombres de su lista satisfaría sus nuevos requisitos, pero ya no estaba preocupada. Podía o no casarse. La decisión era suya. Y la libertad que le proporcionaba saberlo, era enorme.

Aunque siguiera queriendo casarse, ya no necesitaba hacerlo para estar contenta o segura. Su objetivo era mucho más importante: quería ser amada.

# Capítulo Siete

Zane tomó el desvío de entrada al hotel Atraeus y detuvo el coche ante el elegante pórtico.

Lilah firmó el registro y siguió a Zane hasta los ascensores.

–¿Y si me niego a pasar más días contigo? –preguntó. Y supo que había cometido un error fatal al mostrar que dudaba.

Se abrieron las puertas del ascensor y Zane le indicó que entrara.

–Confío en que en nuestra relación digas no el menor número de veces posible.

El súbito cambió de humor, así como que se refiriera a «nuestra relación», tomó a Lilah por sorpresa.

–Un caballero nunca diría eso –bromeó, a su vez.

No. Zane era salvaje, peligroso y pasional, y había vuelto su vida del revés. Pero la posibilidad de pasar una semana con él antes de volver a la tarea de buscar marido, era una tentación demasiado poderosa.

–Está bien –dijo con voz ronca–. Seis días más.

–Y después, se acabó.

Lilah se tensó ante la implicación de que, llegado ese momento, Zane habría tenido bastante.

–Haces que suene como si acabaras de resolver un problema.

Zane se inclinó y le susurró contra los labios.

–Porque es un problema, y lleva siéndolo desde hace dos años.

Lilah ya no quería preocuparse de los hombres con los que pensaba citarse la semana siguiente, pero tampoco podía no contestar sus mensajes. Después de todo, Zane no iba a abandonar su vida por ella, así que debía asegurarse de que, cuando él despareciera, tenía algo a lo que asirse.

Las puertas del ascensor se abrieron y caminaron por la acolchada moqueta del corredor. Zane abrió la puerta de la suite. Decorada en una sutil combinación de tonos rosas y azules, se trataba de un espacio elegante. En una mesa baja había un ramo de rosas, una cesta con frutas tropicales, un plato con bombones, una cubitera de hielo con champán y dos copas.

Mientras Zane hablaba con el botones y le daba una propina, ella continuó explorando. Aparte del color, la suite era una réplica de la que habían compartido en Sídney. Como aquella, tenía dos dormitorios.

Estaba en uno de ellos cuando sintió la presencia de Zane a su espalda y el corazón se le aceleró al verlo reflejado en un espejo. Al volverse, vio que había dejado su equipaje en el suelo, y que el de él estaba en el otro dormitorio. Zane se acercó a la cama y dejó el bolso de Lilah.

–Hay dos dormitorios –dijo Lilah.

–Así es. Prefiero dormir solo –dijo él con expresión inescrutable.

Lilah se sintió como si la hubiera abofeteado y desvió la mirada hacia el equipaje para disimular.

–Ah, has traído mi ordenador, gracias –forzó una animada sonrisa y fue a por él.

–¿Vas a trabajar?

Dominando un súbito deseo de llorar, Lilah tomó el ordenador.

–Tengo que contestar correspondencia privada. Pasó de largo junto a Zane y se instaló en un escritorio.

La fría actitud de Zane le había servido como recordatorio de la realidad y decidió que lo mejor que podía hacer era cumplir con su agenda de la semana siguiente.

Zane la observó con gesto de preocupación. Estaba seguro de que estaba a punto de llorar. Y en lugar de retirarse y mantener la distancia emocional, como habría hecho en cualquier otra circunstancia, comentó:

–Pensaba que podíamos salir a comer.

–Me parece muy bien.

El tono impersonal y brusco de Lilah lo desconcertó. Miró hacia la pantalla de reojo.

–¿Los correos que tienes que contestar son de hombres?

–Sí.

La calma que Zane había logrado recuperar después de la experiencia en la cueva estalló en mil pedazos, dejándolo con unos celos tan irracionales como los que había sentido al saber que Lucas llevaba a Lilah a la boda de Constantine.

–¿Has salido con alguno de ellos?

–Todavía no –dijo ella, acercando la cara a la pantalla como si leyera algo de gran interés.

Zane miró la lista de nombres y de fotografías. Todos ellos parecían dioses griegos, excepto uno, que tenía aire de surfista. Lilah deslizó la pantalla hacia abajo y Zane vio el nombre de la compañía de contactos.

–¿Y piensas quedar con ellos? –preguntó.

–Así es. La semana que viene, durante mis vacaciones.

–¿Cuántos son?

–Quince –Lilah pasó a un chat y añadió–: O diecisiete, según vaya el chat.

La actitud distante de Lilah le recordó que así era como se planteaba el matrimonio. Ella no quería un hombre, sino alguien que cumpliera todos los requisitos de un marido clásico. Alguien estable y con unas cualidades que, por lo visto, él no poseía.

–Por eso solo puedes pasar una semana conmigo... Quieres volver a Sídney a encontrar marido.

–No puedo quedar con los contactos de la agencia si estoy viendo a otro hombre –dijo ella sin apartar la mirada de la pantalla.

Lilah percibió la tensión que dominaba a Zane y al volverse y ver su mirada enfurecida supo que había tensado demasiado la cuerda.

–¿Eso es todo lo que hay entre nosotros?

–Tú mismo has dicho que el matrimonio no entra en tus planes.

–Creía que teníamos un acuerdo.

–Y así es. Pero yo quiero un compromiso a largo plazo. Si no he conseguido que me gustara nadie lo suficiente es porque tú eres una especie de fantasma en mi vida.

Zane la miró inexpresivo.

–¿Estás diciendo que estás buscando marido por mi culpa?

–No –dijo Lilah, aunque mentía. Se había apuntado a la agencia después de la última subasta de arte, al ver a Zane con Gemma. Pero no pensaba humillarse y admitirlo–: Me ha parecido una buena forma de conocer gente.

Zane se dio cuenta de que no debía alegrarse de haber reducido las posibilidades de que Lilah encontrara a un hombre que le gustara, ni debía enfadarse con ella porque no lo considerara un posible candidato para una relación estable cuando él nunca había dado muestras de querer nada más que relaciones pasajeras.

Debía conseguir distanciarse emocionalmente y disfrutar de los seis días que tenían por delante. Él no confiaba en el amor. Podía contar con los dedos las personas en las que confiaba, y eso mismo le hacía bueno en su trabajo. Su actitud era siempre objetiva y fría; se limitaba a hacer el trabajo por el que le pagaban.

Pero por más que quisiera evitarlo, con Lilah se sentía implicado emocionalmente.

–¿Qué crees que quieren los hombres que contestan tu anuncio?

–Una relación estable.

–¿También crees que en el Ratoncito Pérez?

–No te pongas sarcástico.

–Entonces, deja de creer que así vas a encontrar al hombre que buscas –señaló la foto de uno de ellos, que parecía un modelo–. Esto es falso.

–Por eso mismo voy a citarme con cada uno de ellos, para ver si son reales o no.

Se produjo un tenso silencio.

–¿Por eso querías volver a Sídney?

–Sí.

–¿Dónde piensas quedar con ellos para entrevistarlos?

–En cafeterías o restaurantes. No son entrevistas. Son… citas a ciegas con aquellos a los que he seleccionado previamente.

Citas a ciegas. Zane sintió que necesitaba tomar aire fresco y abrió las puertas de la terraza.

–¿Les has dado tu nombre verdadero?

–Sí. Y una fotografía.

Zane se tensó.

–Supongo que te reconocieron en cuanto saliste en la prensa.

Lilah sintió un escalofrío. También ella había pensado en esa posibilidad, pero se había convencido de que los cinco candidatos que había seleccionado no leerían periódicos sensacionalistas.

–¿Qué pretendías que hiciera? ¿Proporcionar una identidad falsa cuando lo que busco es marido?

104

–Eso han hecho los hombres que te han contestado.

–Supongo que no todos son honestos.

–Puedo ocuparme de investigarlos –masculló Zane.

Lilah vaciló, pero se dio cuenta de que no podía rechazar la ayuda de Zane cuando su especialidad era comprobar la integridad de sus socios y del personal.

–De acuerdo.

Lilah abrió la lista de candidatos y le cedió el asiento a Zane. Este la fue leyendo en un silencio cada vez más tenso.

–¿Te importa que envíe la lista a mi correo?

–En absoluto.

Unos segundos más tarde, Zane se ponía en pie.

–La empresa de detectives que uso tiene acceso a informes policiales y de crédito. En un par de horas tendremos los resultados.

Una hora y media más tarde, Lilah observaba la lista de candidatos con un nudo en el estómago. Durante la espera, había pedido que le mandaran una ensalada y luego se había hecho un café.

Mientras lo bebía, sin apenas saborearlo, se dio cuenta de que tenía seis días por delante con Zane, pero que en lugar de dedicarlos a hacer el amor serían seis días para despedirse. Ahuyentando ese pensamiento, volvió a concentrarse en el ordenador. Había esperado que algunos candidatos se borraran, pero le sorprendió descubrir que cuatro de los cinco seleccionados se habían retirado mientras que tenía una larga lista de nuevas entradas. Repasó los nuevos correos, aunque algunos ni siquiera los abrió, porque le bastó leer el asunto para rechazarlos. Era evidente que la mayoría habían sido atraídos por su recién adquirida notoriedad.

Zane entró en la suite.

–Ya hemos revisado a unos cuantos –dejó unos papeles sobre el escritorio–. No contestes a ningunos de esos. Si lo haces, te aseguro que estaré presente en las citas.

Lilah fue a protestar, pero lo cierto era que no quería arriesgarse a caer en manos de un oportunista o, aún peor, de un periodista en busca de una exclusiva.

–¿Cómo vas a venir si no estas en Sídney la semana que viene?

Zane fue a su dormitorio a la vez que se quitaba la camisa.

–Si es necesario, iré.

Lilah desvió la mirada de sus anchos hombros y tuvo que ejercer un férreo dominio sobre sí misma para no ir hasta él y abrazarse a su cintura.

–No sé por qué cuando has dejado claro que conmigo solo quieres algo temporal.

–¿Tú quieres algo más que una semana?

Lilah prefirió no plantearse la posibilidad de mantener un prolongado romance con Zane porque sabía que cuanto más durara, más difícil sería liberarse de la obsesión que sentía por él. Le sería imposible casarse con otro hombre si seguía sintiéndose atraída por él. Aún peor era saber que la fijación inicial se había suavizado, pero que había sido sustituida por algo más profundo: Zane le gustaba de verdad. Y que ella recordara, eso no les había pasado ni a su madre ni a su abuela. Ambas habían sido arrastradas por un pasión ciega, de la que habían salido embarazadas. Ninguna había mencionado sentir afecto por sus amantes.

En lugar de contestar, repasó los papeles que Zane había dejado en la mesa. El primero era el que había enviado la foto de un modelo. En realidad, se trataba de un mecánico de cuarenta y cinco años, divorciado en dos ocasiones, que había enviado su candidatura mientras cumplía un tercer grado por un delito menor.

El agua de la ducha de Zane rompió el silencio que se había instalado en su cerebro. Echó una ojeada al resto de candidatos que Zane había vetado. Entró en la página web y los borró. Solo quedaron tres.

El ruido de la ducha cesó.

Lilah intentó concentrarse en el perfil de los tres hombres que quedaban: Jack, Jeremy y John. Todos empezaban por J.

Parecían atractivos y tenían trabajos estables. John Smith era guapo y se presentaba como dueño de su propia empresa. Jack Riordan era el único candidato de su antigua selección que no se había borrado tras el escándalo. Lilah tomó aire y pensó que debía recompensarlo por su lealtad. Tecleó los detalles de una posible cita, y pulsó el botón de enviar. Un segundo más tarde, el mensaje aparecía en la pantalla.

Pensó que debía sentirse satisfecha por seguir adelante con sus planes, por saber que aunque no tuviera a Zane, tendría a alguien, pero no fue así.

No se comprometía a nada más que a una cita para tomar un café o almorzar. Si no se gustaban, no tenían por qué volver a verse. La idea le resultó tranquilizadora y escribió otros tantos mensajes a los otros candidatos. Debía compensar el dolor de perder a Zane manteniéndose activa.

Lilah miró la pantalla con el corazón acelerado, sin comprender muy bien por qué se sentía como si hubiera traicionado a Zane. Se puso en pie bruscamente y fue hasta la terraza, desde donde se divisaba el mar y, en la distancia, la isla de Ambrus. Un escalofrío la recorrió al recordar las horas que había pasado allí con Zane.

Para distraerse de pensamientos que solo le producían tristeza, entró y deshizo la maleta parsimoniosamente.

A pesar del esfuerzo que hizo para animarse con la idea de buscar marido, cada vez que pensaba en que Zane desapareciera de su vida se le formaba un nudo en el estómago.

Fue al salón, pero estaba demasiado inquieta como para sentarse y tuvo el súbito impulso de borrar los mensajes que había enviado. Porque por muy maravilloso que fuera cualquiera de los tres, ya no estaba segura de poder ofrecer algo en una relación. La idea de compartir con otro hombre que no fuera Zane la intimidad que había tenido con él, la asqueaba. No podría hacerlo.

Dejándose llevar había pretendido que se le pasara la obsesión con Zane, pero había conseguido lo contrario. Se había enamorado locamente de él.

En retrospectiva, era evidente que lo que le había pasado dos años antes era un flechazo, pero había preferido ignorarlo y negarse a admitir la poderosa atracción que sentía por Zane.

¿Cómo no lo había reconocido, teniendo en cuenta sus antecedentes? La única excusa era que ni su madre ni su abuela habían mencionado nunca que los hombres en cuestión las interesaran más allá del fatal momento de atracción. Las mujeres Cole tenían mucha personalidad. Y en cuanto se habían quedado embarazadas y sus amantes habían rechazado comprometerse, habían terminado la relación.

De haber tenido un gramo de sentido común, habría hecho lo posible por evitar a Zane en cuanto fue consciente de la fuerza de la atracción que sentía por él. Pero en lugar de eso, había donado cuadros a su ONG, se había implicado con la colecta de fondos y había sido voluntaria en las subastas anuales. Con cada paso que había dado había conseguido mantenerse en contacto con Zane. Había permanecido cerca, como una adolescente atontada, dibujando su retrato una y otra vez.

Y cuando había pretendido librarse de su fascinación por él, aceptando tener un romance, solo había conseguido convertirlo en lo más importante de su vida.

Llevaba dos años enamorada de Zane. Y cabía la

posibilidad de que siguiera estándolo el resto de su vida.

Pero ella seguía queriendo tener un matrimonio estable y una familia. Quería amor, seguridad, hijos… El problema era que no lo quería con un desconocido, sino con Zane.

Iba a sentarse al escritorio cuando Zane entró en el salón. Consciente de que los mensajes con las citas estaban en la pantalla, Lilah aceleró para llegar antes que él.

Zane, que había adivinado adonde iba, se adelantó. Lilah encontró delicioso su olor a jabón y a piel limpia.

Tocó el ratón y el salvapantallas desapareció, dejando a la vista las tres citas. Lilah respiró aliviada al ver que no tenían respuesta.

–Has quedado para verlos –dijo Zane con voz plana, impersonal.

Su frialdad decepcionó a Lilah. Que no expresara ninguna emoción al ver que seguía con sus planes le resultó deprimente.

Como si un rayo atravesara su mente, Lilah vio la situación desde otro ángulo. Había visto a Zane actuar así en otra ocasión, al tratar con un antiguo tesorero de la ONG que había «tomado prestados» varios miles de dólares para hacer un viaje. Con una aparente calma y en tono pausado, trató un asunto que, en realidad, le enfurecía.

Lilah vio un rayo de esperanza. Sabía que le gustaba a Zane porque él mismo lo había dicho. Como ella, quizá había intentado evitarla, pero también había incrementado su implicación en la ONG para estar en contacto con ella. Habían acabado juntos en Medinos y en Sídney. Habían mantenido sexo sin protección. Para ser un hombre que se vanagloriaba de no mantener vínculos, era una declaración en sí misma. Por no mencionar el hecho de que la hubiera secuestrado.

Zane sentía algo por ella. Decía que se preocupaba por su seguridad. Pero lo cierto era que había hecho lo posible por impedir que encontrara el amor. Se había librado de Howard y se había asegurado de que Lucas fuera alguien del pasado. La única conclusión posible era que Zane estaba celoso. Y si eso era cierto, quizá, solo quizá, cabía la posibilidad de que pudiera superar su fobia hacia las relaciones, y comprometerse con ella. Esa posibilidad tomó forma en una fantástica idea en la mente de Lilah.

No se trataba de un plan para casarse, sino de algo mucho más ambicioso: que Zane se enamorara de ella.

Era lo más parecido a tirarse por un precipicio, pero Lilah estaba dispuesta a hacerlo. El futuro se proyectaba ante ella como una película en la que su matrimonio no era solo estable y seguro, sino que, además, estaba basado en verdadero amor.

Con el corazón desbocado y una renovada seguridad en sí misma, Lilah miró a la pantalla. Ya no le parecía tan mala idea. Podía servir para presionar a Zane, para que se diera cuenta de que no quería perderla.

111

Podía conseguirlo. Tenía que conseguirlo.

–No tenía sentido esperar –dijo con una forzada sonrisa.

–Tenía todo el sentido. Debías haber esperado a que los investigara en profundidad –dijo Zane con aspereza.

Lilah se animó al ver que conseguía enfadarlo.

–¿Qué piensas hacer, vigilarlos las veinticuatro horas del día? –al ver la expresión ausente de Zane, añadió–: Eso era lo que pensabas hacer, ¿verdad?

Él la miró fijamente.

–Sí.

Lilah estuvo a punto de dar un salto de alegría. Zane acaba de proporcionarle la prueba que necesitaba. Se sentía como una niña a punto de abrir los regalos de Navidad. La preocupación de Zane solo podía significar que empezaba a amarla.

Zane pulsó una tecla y empezó a estudiar los perfiles de los candidatos.

–Debería rechazar a Smith. John Smith es un nombre tan corriente que es casi imposible averiguar algo sobre él.

Lilah mantuvo un tono tranquilo y profesional.

–Las citas iniciales no son más que un encuentro cara a cara. No tiene por qué ir más allá.

Se produjo un silencio que Zane rompió con un profundo suspiro a la vez que tomaba la carpeta del hotel y miraba la lista de restaurantes.

–Podrías salirte de la agencia.

El tono de velada orden hizo que Lilah quisiera abrazarlo y besarlo. Para controlarse, tomó un cuaderno y un lápiz, a la vez que se decía que no debía hacer ninguna muestra de emoción hasta que Zane capitulara. Arqueó las cejas como si fuera consciente de que Zane había dicho algo pero no recordara de qué se trataba.

–¿Por qué iba a hacer eso?

Zane, que a su vez fingió estar más interesado en elegir restaurante que en la conversación, tomó el teléfono, aunque con tanta fuerza que Lilah sonrió para sí al ver que los nudillos se le ponían blancos.

–Yo no me fiaría de ninguno de los tres. Si no quieres que siga investigando, me vas a obligar a estar presente en vuestro encuentro.

Lilah golpeó el cuaderno con el lápiz.

–A ver si lo entiendo. Tú no quieres tener una relación conmigo, y sin embargo estarías dispuesto a dedicarme tu tiempo para asegurarte de que…

–Estás a salvo –concluyó Zane, mirándola con expresión sombría.

Lilah lo observó un instante. Estaba convencida de que se protegía tras aquella actitud para no tener que admitir que sentía algo por ella.

–No puedes venir a las citas –dijo Lilah sin titubear. De hecho, ella misma pensaba cancelarlas–. ¿Qué excusa les daría a los candidatos?

–Diles que ya no estás disponible.

# *Capítulo Ocho*

Zane se alarmó al darse cuenta del instinto de posesión que Lilah le despertaba. Había cruzado una línea y ya no podía dar marcha atrás. Colgó con más brusquedad de la que pretendía.

Por su parte, Lilah cerró el ordenador con una calma que contribuyó a irritarlo aún más.

–¿Qué quieres decir con que no estoy disponible?

A pesar de su gesto de indiferencia, Zane intuyó un brillo de esperanza en sus ojos y dedujo que Lilah quería que le hablara de matrimonio.

Junto con la íntima satisfacción de saber que por fin había entrado en su lista de candidatos, también sintió el temor de caer en su trampa. Por mucho que deseara a Lilah, no podía entrar en una relación que lo dejara vulnerable.

Habían pasado años desde que su madre lo abandonara, no una, sino varias veces, por distintos amantes o esposos. Nunca olvidaría la sensación de ser relegado al último puesto. Para cuando su padre, Lorenzo, lo encontró, a los catorce años, ya no era capaz de establecer relaciones afectivas.

Recordar el pasado era como asomarse a un abismo. El grado de compromiso que exigía una relación duradera le producía escalofríos. Aunque hubiera progresado enormemente en lo últimos años, no podría avanzar en su relación con Lilah si no estaba completamente seguro de su amor. Sin embargo, que ella siguiera buscando marido sugería que él estaba lejos de ser el número uno.

Repasó la pregunta que Lilah le había hecho y con gesto tenso dijo:

—Creo que deberíamos probar a vivir juntos.

—¿Cuánto tiempo?

Zane observó a Lilah caminar con calma hasta el frigorífico y sacar una botella de agua. Tenía la sensación de haber sido atraído a un laberinto por una experta estratega. Y descubrió, sorprendido, que había cierto elemento de satisfacción en comprobar que Lilah estaba interesada en manipularlo para conseguir que se comprometiera.

—No lo sé —respondió.

Lilah se sirvió un vaso de agua, y a la vez que se dirigía pausadamente a su dormitorio, dijo:

—Deja que me lo piense.

Y cerró la puerta a su espalda.

Zane se quedó en tensión, con el corazón acelerado, Lilah acababa de hacer lo que nadie se había atrevido a hacer ni en su vida profesional ni en la personal: dejarlo a la espera.

Había conservado a sus tres candidatos, manteniéndolo como comodín. Por primera vez desde su adolescencia, volvía a sentir, aunque las circunstancias fueran muy dispares, lo que significaba quedarse al margen.

La diferencia era que, entonces, había sobrevivido por puro instinto natural y desesperación. Desde que trabajaba en Atraeus resolviendo problemas, había aprendido gracias a su padre que siempre había alguna manera de reconducir una negociación. O bien encontraba otra puerta de acceso, o tendría que inventársela.

Era un momento peculiar para darse cuenta de que sus años de niño de la calle le habían proporcionado cualidades que lo dotaban para superar escollos. Entre otras cosas, porque no se daba por vencido con facilidad. Estaba acostumbrado a operar desde una posición de desventaja y acabar ganando.

Esa reflexión le hizo sentirse mejor, le aclaró la mente. Ya no tenía catorce años, ni estaba al albur de circunstancias que no podía controlar. Era un adulto con habilidades de supervivencia y una considerable cantidad de dinero. Ambos factores lo habían convertido en un excepcional hombre de negocios.

Y puesto que en el trabajo nunca había sido vencido, lo lógico era aplicar las mismas estrategias en una relación. Con esa decisión tomada, abrió su ordenador y estudió las fichas que le había proporcionado su servicio de seguridad de los tres hombres que Lilah había seleccionado.

Luego fue a la cocina y abrió el frigorífico. Sacó una cerveza y, como no había nada apetecible, llamó al servicio de habitaciones para pedir una pizza. De vuelta al escritorio, vio el cuaderno en el que Lilah guardaba los detalles de los candidatos y el listado de características que debían reunir.

La última vez que la había visto había sido cuando se le cayó en el avión, camino de Medinos. Al instante, Zane pensó que podría proporcionarle una información valiosa.

Oír la ducha de Lilah sirvió para que se decidiera. El dicho «todo vale en el amor y en la guerra» adquirió un nuevo significado para él cuando tomó la carpeta y salió a la terraza.

Dejó la cerveza en la mesa y se sentó. En el interior encontró las fichas que Lilah había diseñado y que rellenaba con los datos de los candidatos y con los puntos que ganaban. Un divorcio restaba diez puntos; tener un hijo ilegítimo implicaba quedar descalificado. En cambio, había formas de ganar puntos. Por ejemplo, los regalos llegaban a proporcionar cinco puntos, independientemente del valor de lo regalado. Otro punto a favor era ser capaz de seleccionar el regalo personalmente. Las joyas tenían un valor especial porque representaban el deseo de que la relación fuera duradera.

Zane daba el último trago a la cerveza cuando llegó al final de la lista de defectos. Disfrutar de la comida rápida indicaba una falta de responsabilidad alimenticia que se trasladaba a otras áreas. Distraídamente, Zane aplastó la lata justo cuando oyó que llamaban a la puerta.

Le dio una propina al camarero y le dijo que llevara la pizza a una familia con niños que ocupaba una suite al fondo del pasillo.

Como el agua seguía corriendo, tiró la lata a la basura y volvió a la terraza para terminar de estudiar los papeles. Hacia el final encontró a varios candidatos rechazados. Lucas y Howard eran los más recientemente añadidos. En la última hoja había una lista de «posibles» hombres que Lilah conocía por el trabajo u otros medios, pero que no habían pasado el proceso de selección.

Zane cerró la carpeta, la dejó donde la había encontrado y volvió a la terraza. Lo que acababa de leer le había dado una idea de lo que Lilah buscaba en un hombre. Pero lo más significativo desde su punto de vista era que él no estaba incluido en ninguna categoría.

Asiéndose a la barandilla se preguntó por qué Lucas había conseguido diecinueve puntos a pesar de no haber ganado ninguno por la sortija que le había comprado, dado que no la había elegido él mismo. Zane se preguntó si sería Carla quien la luciera en aquel momento, pero le dio lo mismo. Él tenía una idea mucho mejor.


Lilah había asumido que la cena en el hotel transcurriría en un ambiente tenso, pero Zane parecía particularmente relajado, como si pensara en otras cosas.

En dos ocasiones contestó llamadas de trabajo, levantándose de la mesa y caminando mientras hablaba por el borde de la inmensa piscina que ocupaba el patio.

Desafortunadamente, la presencia de Gemma en una mesa próxima incomodaba a Lilah. Según Zane, su antigua ayudante había sido transferida a Medinos y trabajaba a las órdenes del director del hotel.

Su juventud y su aspecto sexy con un vestido minúsculo naranja, consiguió que Lilah se sintiera anticuada y mayor. Cada vez que la miraba, sentía el peso de sus años. Gemma parecía mucho más el tipo de Zane que ella; no competían en la misma liga. Aunque su sexualidad hubiera quedado finalmente liberada, era evidente que si quería seducir a Zane, tendría que renovar su vestuario.

Concentró la atención en la preciosa mesa, decorada con velas y flores, y tuvo un ataque de pánico al pensar que había tensado en exceso la cuerda y que debía haber sido más sutil en su deseo de empujar a Zane al matrimonio.

Zane terminó de hablar y volvió a la mesa. El postre, una especialidad local que él se empeñó en que tomaran y que consistía en pastas de almendra y mazapán, espolvoreadas con pétalos de rosa, estaba delicioso, pero Lilah había perdido el apetito.

El sumiller se presentó con una botella de un exclusivo champán francés, como si fueran a celebrar algo.

Velas, flores, champán, todos los elementos de una velada romántica.

La angustia que la había acogotado se disipó como el humo y fue sustituida por una incontenible euforia. Se sentía en una montaña rusa emocional.

Estaba segura de que la intuición le fallaba, pero no podía ignorar la absurda sospecha de que Zane iba a declararse.

Zane se inclinó hacia delante y preguntó con voz sensual:

–¿Ves algo que te guste?

Lilah se quedó atrapada por su mirada, que bajo la luz de las velas adquiría la cualidad del terciopelo. Él frunció el ceño y Lilah se dio cuenta de que quería que mirara al plato. Cuando bajó la mirada identificó, entre las pastas, el brillo de una joya.

La expectación se evaporó cuando vio que no era una sortija, sino un brazalete: el regalo propio de una amante.

En ese momento, Gemma pasó al lado de su mesa camino de la salida, y se detuvo. Al ver el brazalete, sonrió.

–Diamantes –dijo, sacudiendo la muñeca, en la que llevaba una esclava con pequeños brillantes–. ¿Verdad que los regalos de Zane son fantásticos? –añadió, y se fue con su acompañante, dejando un rastro de perfume floral.

Zane le pasó a Lilah una copa de champán, y Lilah intentó animarse pensando en el esfuerzo que había hecho para convertir aquella noche en una ocasión especial, aunque parte de su entusiasmo se había evaporado.

–¿Te gusta? –preguntó él con un timbre de impaciencia.

Lilah tomó el brazalete y le sorprendió lo pesado que era a pesar de ser un trabajo de una compleja delicadeza. Al observar el corte y la calidad de las esmeraldas intercaladas con diamantes, se quedó sin aliento. No era nuevo, sino antiguo. Muy antiguo. Y por algún motivo, le resultó familiar.

A pesar de todas las razones por las que sabía que no podía aceptarlo, no le resultó fácil dejarlo. No por su valor. Podría haber sido de plástico y, aun así, el hecho de que Zane se lo hubiera regalado lo habría convertido en un tesoro. Pero no podía aceptarlo porque Zane podía interpretarlo como que accedía a mantener una relación con él de acuerdo a sus condiciones, es decir, como amante temporal.

Al ver que lo dejaba en la bandeja, Zane frunció el ceño.

—¿No vas a probártelo?

—Es precioso, pero no puedo aceptarlo.

—Si lo dices por Gemma, no debes preocuparte. Solo fue mi ayudante.

—No parece que ella opine lo mismo.

La actitud de Gemma había sido siempre extremadamente posesiva. De hecho, Lilah llevaba dos años creyendo que era la única mujer constante en la vida de Zane.

—Por eso ya no es mi ayudante —dijo él, irritado—. La pulsera fue un regalo de despedida.

Lilah hizo un esfuerzo por dominar sus emociones, pero no pudo evitar preguntar:

—¿Deja de ser tu ayudante y la transfieres a Medinos?

—No podía despedirla y ella solicitó este puesto. Era la mejor solución.

Lilah interpretó que Gemma había querido que su relación pasara a otro nivel y que él había decidido alejarla, aunque manteniendo su trabajo.

Era otro ejemplo de cómo operaba Zane. Por su trabajo en la ONG, Lilah sabía que no le gustaba hacer daño a nadie que estuviera en una posición vulnerable. Y aunque adoraba que fuera tan compasivo, en el caso de Gemma habría preferido que fuera más severo.

Un pensamiento mucho más perturbador la asaltó entonces. Si Gemma había quedado en la periferia de Zane, ¿cuántas otras mujeres lo estarían, esperando a volver a tener una oportunidad?

Sin probar el champán, Lilah se puso en pie bruscamente. Zane la imitó y, sin disimular su irritación, se guardó el brazalete en el bolsillo. Cuando llegó a su altura, la tomó por el codo y, mirándola fijamente, preguntó:

–¿Por qué no aceptas el regalo?

Lilah dominó el impulso de abrazarse a su cuello y fundirse con él.

–Es demasiado caro.

Llegaron al ascensor y Zane la soltó.

–No me refiero solo a su valor –dijo ella.

Zane la miró desconcertado.

–¿Al menos he ganado puntos por intentarlo?

Lilah lo miró con ojos desorbitados.

–¡Has mirado mi carpeta!

–Tenía que saber cuáles eran los requisitos.

Lilah pulsó el botón con impaciencia. Las puertas se abrieron.

–El más importante: ser capaz de asumir un compromiso.

Tras una noche de pasión que dejó a Lilah extrañamente insatisfecha, esta se levantó temprano y pasó un tiempo sola, adaptando los planes de matrimonio a una nueva estrategia. Decidió que lo mejor que podía hacer era no dar muestras a Zane de lo ansiosa que le ponía saber que su romance se acercaba al final, y para ello, se entregó al trabajo.

A primera hora se esforzó en buscar los puntos positivos. Zane se había comportado así para ganársela. Y eso ya era un progreso.

Los dos días siguientes, Lilah se levantó temprano y fue al local que Ambrosi había alquilado en la isla, un lugar encantadoramente anticuado en el paseo marítimo. Puesto que tendría que trabajar allí al menos seis meses, hasta que se acabara la instalación proyectada para Ambrus, decidió hacerlo lo más acogedor posible.

Zane, que había pasado horas encerrado con Elena, trabajando en un complicado contrato para Florida, estaba ausente. Y aunque seguían haciendo el amor apasionadamente, parecía haberse abierto un abismo entre ellos.

Dado que su estrategia no parecía dar frutos, a Lilah le costaba concentrarse en la selección de colores y cortinas, cuando lo único que quería hacer era ir en busca de Zane y echarse en sus brazos.

Para evitar ceder, dedicó los tiempos muertos a

ir de compras, y gastó enormes sumas en un vestuario sexy y en un biquini naranja que dudó fuera a tener la oportunidad de ponerse. Un nuevo maquillaje que dotaba sus ojos de un efecto ahumado completó la transformación. Y cada vez que se veía reflejada en un espejo se sorprendía de la diferencia que podían hacer aquellos pequeños cambios, aunque Zane no pareciera notarlo.

Aunque la tentación de declararle su amor era enorme, Lilah se siguió esforzando por presentar una fachada animada. Temía que si él se enteraba de lo que verdaderamente sentía, perdería cualquier esperanza de llegar a establecer la relación duradera que tanto ansiaba. Eso era lo que les había sucedido a su madre y a su abuela. En cuanto consideraron que las habían conquistado, la pasión se enfrió y sus amantes las abandonaron.

Zane entró en el local al mediodía. Con unos pantalones negros y una camisa blanca, resultaba perturbadoramente sexy.

Lilah llevaba uno de sus nuevos conjuntos, una blusa escotada naranja y vaqueros ajustados, así como sandalias también naranjas, muy distinto a su habitual gama de colores pálidos. Al ver que Zane la observaba con aprobación, se sintió gratificada.

–¿Estás lista? –preguntó él.

Aquella tarde habían planeado una excursión en barco para visitar la antigua granja de ostras y la nueva planta de procesamiento. Después habría una recepción para darla por inaugurada.

Lilah mantuvo su atención en Mario, el albañil

que estaba trabajando en el local, instalando el aire acondicionado y las luces. Mario era bajo, pero espectacularmente guapo.

–Casi.

Zane se fijó en el albañil de torso de bronce que en se momento levantaba una gran plancha de Pladur para colocarla en el lugar en el que Lilah le había indicado que quería una partición.

–*Bene* –dijo ella, dedicándole una sonrisa.

Zane la tomó de la mano y, atrayéndola hacia sí, la besó con un gesto dominante y posesivo que le disparó la adrenalina a Lilah. Era un beso de reclamo, provocado por el tipo de reacción que esperaba desde hacía dos días.

Dos días. El tiempo pasaba volando. Solo quedaban cuatro y no estaba segura de que fuera suficiente para conseguir que Zane se enamorara de ella.

Zane posó las manos en sus caderas y Lilah suspiró.

–¿Puedo tomarme esto como un sí? –preguntó Zane, ladeando la cabeza.

Ella se tensó ante la letal combinación de presión y encanto.

–Sí a la excursión en barco.

El sol del mediodía calentaba con fuerza, arrancando destellos del agua cristalina. Lilah se adelantó en el embarcadero mientras Zane descargaba sus cosas del coche. Se puso unas gafas de sol, y cuando ya estaba cerca del barco de Zane, le llamó la atención ver movimiento en la proa.

El cabello rubio de un hombre con aspecto de

surfista hizo sonar una alarma en su cabeza, aunque ninguno de los otros dos hombres que estaban a bordo le resultaran familiares.

Súbitamente, se diluyó la posibilidad de que Zane llevara dos días padeciendo la agonía de una crisis emocional. Mientras ella jugaba a mantenerlo en vilo, él se había dedicado a preparar una maniobra disuasoria.

Cuando vio acercarse a Zane con pantalones de neopreno, el torso desnudo y una bolsa con equipo de submarinismo, confirmó sus sospechas.

Mirándolo a los ojos con gesto airado, preguntó:

–¿Cómo los has traído? No hace falta que me contestes: Spiros.

¿Qué sentido tenía contar con un matón si no podía hacer cosas tan prácticas como raptar a sus tres potenciales esposos?

# Capítulo Nueve

–Lo dices como si Spiros los hubiera raptado. Solo se ha limitado a traerlos –dijo Zane en un tono distante que irritó a Lilah.

–¿Cómo los has convencido? –al ver que los hombres sonreían y que entrechocaban botellas de cerveza amigablemente, supo la respuesta–: ¿Ofreciéndoles dos días en el paraíso?

–Podían haber rechazado la oferta –dijo Zane, encogiéndose de hombros.

–¡Ya!

Zane la miró intensamente.

–Basta con que digas que no quieres estar con ellos y Spiros se los llevará esta misma tarde.

Lilah se dio cuenta de que eso era los que Zane quería: borrarlos de su vida. Contuvo la alegría que le causó saberlo afectado, le apuntó al pecho y dijo:

–No tenías ningún derecho a…

Zane le sujetó la mano con suavidad y se la apoyó contra el pecho.

–Mientras estés conmigo, tengo todo el derecho. Te dije que quería estar presente cuando los conocieras.

Lilah se estremeció al sentir su piel caliente bajo la palma de la mano y se le aceleró el corazón.

–Pero yo no accedí.

En ese instante supo que en realidad Zane no los consideraba serios contendientes o no los habría llevado a Medinos.

Observó su gesto de determinación y se ánimo con la idea de que Zane la deseaba lo bastante como para querer librarse de los tres. Mientras ella había interpretado su distanciamiento de los dos días previos como indiferencia, en realidad Zane había estado planeando cómo librarse de sus contrincantes.

Zane indicó el yate con un movimiento de la cabeza.

–Tú decides. Si no quieres pasar tiempo con ellos, no tienes por qué hacerlo.

Lilah sintió un cosquilleo recorrerla. Era imposible enfadarse con Zane por haber boicoteado sus planes cuando lo había hecho porque no soportaba la idea de que estuviera con otros hombres. Era el resultado exacto que ella había estado buscando, y conseguirlo le produjo un profundo sentimiento de satisfacción.

–Al contrario –dijo con calma–. Ya que están aquí, me encantaría conocerlos.

Unos segundos más tarde, Zane la ayudaba a subir al yate.

Jack Riordan, el que parecía más deportista, era idéntico a su fotografía. Jeremy Appleby, por el contrario, era moreno y no rubio, y llevaba perilla. Además, una cámara le colgaba del cuello, lo que puso a Lilah en alerta.

Zane, que también la vio, cruzó una mirada con Lilah y aquel instante de complicidad hizo que la sacudiera una oleada de placer. A pesar de todos los problemas, se sintió plenamente conectada con él, como si fueran una pareja.

John Smith era muy distinto a su fotografía. Tenía barriga, unas pronunciadas entradas y llevaba gafas.

Una cabeza rubia asomó por la escalerilla y Lilah reconoció a la bonita azafata que había conocido en el avión. Aunque llevaba un biquini rosa y unos pantalones cortos blancos, era evidente que Jasmine estaba trabajando, porque llevaba una bandeja con bebidas.

Lilah observó que Jack Riordan miraba a Jasmine obnubilado, y lo tachó definitivamente de su lista, en la que en realidad ya no quedaba nadie.

Spiros se puso al motor y Lilah comprobó, aliviada, que Zane no se separaba de ella, aunque pasó a inquietarse al ver que sometía cada uno de los hombres a un tercer grado, concentrándose en su situación financiera.

Tras una hora que se le hizo eterna, alcanzaron la costa de Ambrus.

Zane echó el ancla mientras Spiros preparaba el bote para remar hasta la playa y los tres hombres iban a cambiarse de ropa.

En cuanto bajaron a la cabina, Lilah dijo a Zane, airada:

—No tenías derecho a hacerles un interrogatorio.

Con ello, había impedido que ella contribuyera a ponerlo celoso al coquetear con ellos.

Zane tensó la soga y se volvió hacia Lilah.

–¿De verdad creías que Appleby era el dueño una empresa de software?

–Pues no.

–¿O que John Smith es el director de una correduría de Bolsa?

Aunque Lilah no comprendiera la mitad de los términos que Zane había usado, también se había dado cuenta de que John Smith suspendía el examen.

–Jack Riordan parece sincero.

Al menos parecía saber manejarse bien en el yate, lo que era lógico si tenía una empresa de construcción de barcos pequeños.

En ese momento los tres hombres volvieron a cubierta. Appleby y Smith, blancos como el alabastro, resplandecían al sol.

Si Lilah hubiese tenido alguna duda de las verdaderas intenciones de Zane, las habría borrado en aquel momento; primero el interrogatorio, luego el concurso de bañadores.

Cuando llegaron a la playa, Jasmine se quitó los pantalones y se tumbó en una toalla amarilla a tomar el sol. Mientras Zane y Spiros preparaban el material de buceo, Lilah fue tras unos arbustos y sacó el biquini naranja de la bolsa.

Antes de perder el valor, se cambió y se ató un pareo color turquesa a las caderas. Al ver toda la piel que el biquini dejaba a la vista, frunció el ceño y se planteó la posibilidad de volver a vestirse. Pero simultáneamente supo que era la única arma que le quedaba.

Zane estuvo a punto de tener un ataque al corazón al ver aparecer a Lilah y solo tuvo el consuelo de saber que Spiros se había llevado a bucear a los tres hombres o habría tenido que tomar medidas drásticas.

El increíblemente sexy biquini enfatizaba las delgadas y aun así voluptuosa formas de Lilah. Además, el tono bronceado que había adquirido en los últimos días hacía que sus ojos verdes adquirieran una increíble transparencia, y sus pómulos parecían más marcados que nunca. Lilah había pasado de resultar misteriosa y reservada a convertirse en una auténtica bomba sexual.

Si había comprado ese biquini con la intención de volverlo loco, pensó Zane contrariado, lo había conseguido.

–¿Cuándo te has comprado ese biquini?

Lilah, que fingió estar más interesada en echarse sobre el pareo y revolver en su bolsa hasta que sacó una crema y una carpeta roja, lo miró finalmente con fingido gesto de inocencia y contestó:

–Hace dos días.

Zane se cruzó de brazos para reprimir el impulso de obligarla a levantarse. Miró la carpeta de reojo y se preguntó qué nueva estrategia estaría maquinando.

–¿Has tomado ya una decisión respecto a mi oferta?

Lilah se protegió del sol con la mano y miró hacia el agua, como si le interesaran más las cuatro cabezas que se veían flotando que la conversación.

–Todavía lo estoy pensando –dijo, sonriendo.

Zane apretó los dientes. Aquella era la misma sonrisa educada y profesional que había dirigido al albañil en la oficina.

–Solo quedan tres días –Zane indicó a los nadadores con la cabeza–. Y estamos perdiendo el tiempo.

Lilah se ruborizó.

–¿Solo te interesa el sexo?

Zane tuvo la certeza de que su desinterés era fingido y se relajó.

–Por el momento, sí –dijo, frunciendo el ceño. Lilah llevaba dos días actuando como una autómata y él, a pesar de las apasionadas noches, se sentía crecientemente frustrado. Lilah miró hacia Jasmine, que ojeaba una revista mientras escuchaba música con los auriculares. Zane continuó–: No puede oírnos. Ni siquiera oiría una explosión.

Lilah lo miró y Zane notó entonces que también se había hecho algo en el pelo, y por alguna extraña razón, le molestó que no se lo hubiera dicho antes.

–¿Cuándo te has cambiado el pelo?

Lilah volvió a una concentrada inspección de su bolsa.

–Ayer. No creía que fueras a notarlo.

Al ver que sacaba un iPod, Zane supo que daba por terminada la conversación. En los dos años que la conocía siempre había sido elegante y discreta, y de pronto se había convertido en una sofisticada y moderna mujer, que había abandonado el blanco virginal por colores vivos; y los cortes clásicos por vestidos sensuales.

Había estado tan concentrado en sí mismo que no había observado aquellos sutiles cambios. Y en aquel instante tuvo la seguridad de que estaban conectados con el hecho de que hubiera perdido la virginidad, de que, gracias a él, fuera una mujer más experimentada. Soltera. Disponible. Y, si no se equivocaba, decidida a conquistar al hombre que quisiera.

Teniendo en cuenta la lista de prioridades de su carpeta matrimonial, no estaría interesada en ampliar su experiencia sexual con un hombre de pasado disfuncional e incapaz de comprometerse.

Zane sospechaba que Lilah no era consciente del poder que tenía, pero estaba seguro de que pronto lo descubriría. La idea de que Lilah estuviera considerando experimentar con hombres, en plural, hizo que lo recorriera un escalofrío.

Jack Riordan salió del agua con un arpón en una mano, en cuya punta había clavado un pez.

Zane lo observó con nuevos ojos. Aunque era el menos atractivo, tenía el aspecto de alguien en quien se podía confiar. Además, había alcanzado la edad en la que la mayoría de los hombres decidían sentar la cabeza.

Apretó los dientes. Su objetivo había sido proteger a Lilah y eliminar a sus contrincantes. Sin embargo, a Lilah parecía gustarle Riordan, con lo que el tiro le había salido por la culata. La mera posibilidad de que Lilah empezara a salir con Riordan, le hizo tomar una determinación.

Miró hacia la orilla y vio que Smith y Appleby también salían del agua. Se agachó, tomó la bolsa de Lilah y, sin dar tiempo a que esta reaccionara, la tomó en brazos. El iPod se le cayó de la mano y Lilah se asió a sus hombros.

Aunque seguía desilusionada por haber llegado a creer que le importaba verdaderamente a Zane y por el fracaso de su plan, Lilah no pudo evitar sentirse feliz en sus brazos.

–¿Adónde me llevas? –dijo, airada.

–A algún sitio donde puedas vestirte.

–Estoy vestida.

–No lo parece –dijo Zane, recorriendo su cuerpo con la mirada.

–Mi biquini es más discreto que el de Jasmine.

–Lo que Jasmine haga me da lo mismo.

Zane llegó tras los arbustos donde Lilah se había cambiado y la depositó en el suelo.

–Porque Jasmine no me interesa. Lo que me lleva al tema de los tres hombres: despídelos.

Hubo un tenso silencio. Zane estaba celoso.

Lilah mantuvo la expresión imperturbable a pesar de que el entusiasmo que sentía ante la constatación de que, aunque Zane no la amara, la deseaba lo bastante como para estar dispuesto a hacer lo que fuera por tenerla.

–Todavía no he tomado una decisión.

Zane le lanzó una mirada centelleante que puso

fin a la actitud distante y reservada que había mantenido desde que ella había rechazado su oferta de vivir juntos.

–Tómate el tiempo que necesites, pero tenemos un acuerdo y no pienso seguir perdiendo el tiempo –dijo, tomándola por los brazos. Y atrayéndola hacia sí, la besó con delicadeza.

Lilah suspiró y extendió las manos por su torso. Al instante la temperatura de su cuerpo subió varios grados.

–He decidido cortar con los tres hombres –susurró.

–¿Te quedarás conmigo en el castillo esta noche? –preguntó Zane tras un tenso silencio.

Lilah creyó perderse en la intensa mirada de Zane, que con aquella pregunta la estaba invitando a pasar la noche en su casa familiar.

–Sí –dijo.

Los últimos rayos de un fiero sol desaparecían en el horizonte cuando Zane acompañó a Lilah a su habitación, entre la de él y la de Lucas.

Zane había estado tentado de pedirle que durmiera con él, pero cada vez que iba a hacerlo, se quedaba mudo.

–¿A qué hora he de bajar? –preguntó Lilah, abriendo la maleta que Zane había dejado encima de su cama.

Zane miró el reloj y se dio cuenta de que llegaba tarde a una conferencia de prensa. Se habían retrasado porque habían llevado a Appleby, Riordan y Smith, y porque, al descubrir que Appleby era periodista, había querido asegurarse personalmente de que entregaba la tarjeta de memoria de su cámara.

–En una hora –contestó.

Zane seguía sin acostumbrarse a la nueva gama de colores del vestuario de Lilah, y, al verla sacar unas provocativas sandalias rojas de la maleta, se preguntó qué se pondría aquella noche.

Fue a su dormitorio que, por primera vez en su vida, le resulto vacío y solitario. Luego se cambió y bajó para encontrarse con Constantine y Lucas.

Aun sabiendo que Lilah no estaba interesada en Lucas, a Zane le habría irritado su presencia de no saber sabido que esperaban a Carla.

Entraron en la sala donde se reunirían con la prensa.

Por primera vez en su vida, Zane no logró concentrarse plenamente porque su mente estaba ocupada con Lilah. No estaba seguro de hasta qué punto ella pensaba presionarlo aquella noche. Solo sabía que tenía que resolver un problema al que no se había enfrentado nunca, que era establecer una base firme en su relación con ella.

Hasta aquella tarde, en la playa, no se había dado cuenta de lo importante que era para él dejar claro, públicamente, que Lilah era suya.

\*\*\*

Lilah se duchó y decidió ponerse un vestido rojo atado al cuello que le marcaba la silueta y enfatizaba el verde de sus ojos.

Luego se maquilló con cuidado y en lugar de recogerse el cabello, decidió dejárselo suelto. Para rematar el conjunto, se puso unos pendientes de cristal rojo a juego con un colgante. La cadena, muy fina, era casi invisible, y el cristal rojo parecía flotar en su escote.

Tras ponerse unas sandalias rojas, fue a mirarse en un espejo de cuerpo entero y el corazón se le aceleró. Le iba a llevar un tiempo acostumbrarse a la llamativa sirena que la observaba desde el otro lado.

Consultó su carpeta, también roja, y la abrió por un separador marcado como Seducción, para repasar el listado. Con dedos temblorosos, dejó encima de la cama un negligé de seda roja y colocó unas velas aromáticas en lugares estratégicos.

Aunque había hecho el amor con Zane numerosa veces, era la primera ocasión que decidía seducirlo deliberadamente, y se sentía nerviosa. Quería que todo fuera perfecto, incluida ella misma. El toque definitivo era una botella de champán que había metido en el pequeño frigorífico del mueble bar.

Miró a su alrededor con ojos críticos. La escena estaba lista.

Si Zane finalmente superaba sus barreras emocionales, cabía la posibilidad de que incluso se declarara. Solo pensarlo, le aceleraba el pulso.

Respiró profundamente para calmarse, se puso

un exótico perfume que acababa de adquirir y, tomando el bolso, salió.

El corazón se le encogió cuando la primera persona que vio en el elegante salón fue a Gemma.

Antes de que pudiera pasar de largo, esta la llamó e insistió en presentarla a un grupo. Lilah ya conocía a los dos compradores de una exclusiva cadena de joyerías, y charló con profesionalidad con ellos mientras Gemma comentaba con entusiasmo detalles de la familia Atraeus y su nueva filial, así como de lo feliz que estaba con instalarse definitivamente en Medinos.

Oír la voz profunda de Zane la hizo estremecer y, preparándose para observar cómo reaccionaba al verla con el vestido, se volvió. La vergüenza que sintió al descubrir que se trataba de Lucas se vio amortiguada porque este estaba hablando por teléfono y no pareció ni tan siquiera reconocerla.

El hermano mayor de Zane, Constantine, estaba a unos pasos, con su mujer, Sienna Ambrosi, que estaba embarazada.

Súbitamente, Lilah se sintió asaltada por la melancolía. Durante años, había intentado no pensar en tener hijos pero en aquel instante descubrió que Sienna representaba todo lo que ella quería: un marido que la amaba y que deseaba tener una familia con ella.

Abatida, se dio cuenta de que si Zane no la amaba, quizá nunca consiguiera tener nada de eso. ¿Cómo iba a tener un hijo si no concebía la idea de reemplazar a Zane por ningún otro hombre?

Con la garganta atenaza por la emoción, miró por detrás de Lucas y vio a Zane, quien, más guapo que nunca con un esmoquin negro, avanzaba directamente hacia ella. Fue en ese instante cuando supo que, en su intento de conquistarlo, había olvidado convenientemente que las mujeres Cole no lograban que los hombres las amaran.

Zane cruzó la habitación, atrapado por la intensidad de la mirada de Lilah. Había pasado algo. Algo había cambiado.

Apretó los dientes al observar lo espectacular que estaba con el vestido, que se deslizaba por su figura como una caricia. Era la primera vez que la veía en público con el cabello suelto, una melena sedosa y brillante que provocaba el deseo de hundir los dedos en ella.

Fijó su atención en el hombre que estaba a su lado.

Lucas.

La sospecha que nunca había llegado a borrar volvió a sacudirlo, y, con ella, desaparecieron las últimas dudas que le quedaban de la idea del matrimonio.

La decisión de enfrentarse al proceso como lo hacía con los negocios le había ayudado a adoptar otra perspectiva, mucho más sencilla. Él nunca había tenido problemas negociando complejos acuerdos legales y, al fin y al cabo, el matrimonio no dejaba de ser un contrato.

La parte emocional era más compleja, pero, dado que estaba decidido a que Lilah viviera con él, estaba seguro de que la convencería de alcanzar una solución racional. Lo importante era que Lilah era suya y que, antes de que terminara la noche, llevaría puesto su anillo de compromiso. Si es que lo aceptaba como marido…

La idea de que, después de tantos años evitando caer en la trampa del matrimonio, tuviera que convencer a alguien para casarse con él, le habría resultado divertida de no haber perdido el sentido del humor aquella tarde, en la playa de Ambrus.

–¡Zane, cariño!

Zane se tensó al ver acercarse a Gemma, que le bloqueó la visión de Lucas y Lilah.

Gemma se abrazó a su cuello y él la sujetó por la cintura para evitar que sus cuerpos entraran en contacto.

–Te he estado llamando pero no contestas –dijo ella con una seductora sonrisa.

Zane no lo dudaba, pero había bloqueado las llamadas entrantes de su número.

–He estado muy ocupado –dijo con aspereza, a la vez que se soltaba de ella y rechazaba la invitación de acompañarla a la terraza.

De haber sabido la complicación en que se iba a convertir que Gemma lo acompañara a algunos actos, jamás se lo habría pedido.

Cuando se volvió, Lilah había desaparecido. Lucas cerró su teléfono y, con una sonrisa de oreja a oreja, dijo:

–Carla acaba de llegar al aeropuerto. Voy a buscarla.

Zane se tragó la amenaza que tenía preparada para él. Miró a su alrededor en busca de Lilah.

–Creía que Carla no se encontraba bien.

Lucas sacó las llaves del bolsillo.

–Ha mejorado. La he echado de menos un montón.

Por primera vez, Zane notó el cambió que se había operado en Lucas. Parecía relajado y tranquilo, y Zane tuvo la certeza de que sabía la causa, porque la había observado antes en otros amigos.

--Estás enamorado de Carla –dijo, aliviado.

Lucas hizo sonar las llaves en la mano.

–Locamente.

Zane lo observó marchar, preguntándose cómo había estado tan ciego como para no darse cuenta de la trasformación que Lilah había sufrido.

Lilah se unió a un grupo de invitados que contemplaban una muestra de perlas antiguas Ambrosi. Ver la persistencia con la que Gemma intentaba conservar a Zane le había recordado a sí misma. Respiró profundamente e intentó concentrase en las joyas. Un collar de perlas iridiscentes, marca de la casa, se exhibía como la primera joya elaborada por el primer Ambrosi, Dominic, un alquimista que vivió en el siglo XVIII.

Como símbolo de la nueva alianza, también había joyas Atraeus. Un espacio en blanco había sido sustituido por una fotografía de la antigua colección Illium, caracterizada por el delicado engarce de espectaculares diamantes y esmeraldas.

Al inclinarse para estudiarla, vio reflejado en el

cristal de la vitrina a Zane, y el corazón le dio un salto.

La mirada de este fue atraída como un imán por el elegante cristal rojo suspendido entre sus senos.

–Veo que estás interesada en el tesoro de mis antepasados.

Lilah se ruborizó. Aunque comparado con el de Gemma resultara discreto, ella nunca había llevado un escote tan pronunciado.

–Es una pena que falten las piezas más importantes –dijo Lilah.

En ese momento, vio una cabellera roja con el rabillo del ojo y, al volverse, vio a Gemma en la puerta que conducía a las habitaciones privadas, mirando a Zane expectante, como si esperara que él le prestara atención.

Lilah casi sintió lástima de su gesto, que estaba al límite de la desesperación, y volvió a pensar en sí misma.

–Te he visto con Gemma –comentó.

Zane, que ni siquiera parecía haberla visto, dijo en tono impaciente:

–Tenemos que hablar, pero este no es el lugar apropiado.

Y tomándola con firmeza por el codo, la llevó hasta una biblioteca de aspecto imponente. Lilah dedujo que era su despacho.

–Estás enamorada de mí –dijo Zane a bocajarro, nada más entrar.

Lilah se quedó perpleja, pero en cuestión de segundos decidió que no tenía sentido mentir.

–Eso no significa que esté dispuesta a vivir contigo de forma temporal.

–¿Porque sería un espantoso marido?

–Yo nunca he dicho eso.

–No directamente, pero lo cierto es que nunca he estado en tu lista de candidatos. ¿Te quedarías si te pidiera en matrimonio?

Lilah apretó el bolso con fuerza a la vez que se concentraba en el cuadro de una niña que sujetaba, con el rostro iluminado, un ramo de flores amarillas.

–No comprendo a qué te refieres –dijo, finalmente.

Una sombra cruzó el rostro de Zane, como si la respuesta lo desconcertara.

–Un matrimonio legal. Creía que era lo que querías.

A Lilah se le aceleró el corazón. Casarse era lo que quería, pero solo si Zane la amaba.

–Y así es –dijo. Y vio que Zane se relajaba.

–Muy bien. Si nos casamos, no tocaré a otra mujer mientas estemos juntos.

«Mientras estemos juntos». La frase implicaba un final. Así que Zane seguía proponiéndole un arreglo temporal.

Pero súbitamente, Lilah vio con otros ojos la actitud fría y profesional con la que Zane trataba aquel asunto. Solo así era capaz de dominar los términos de la relación. Y la idea de que Zane necesitara controlar su amor por ella la conmovió. Ella comprendía mejor que nadie el miedo que podían causar las emociones.

–Solo por curiosidad, ¿cuánto tiempo calculas que puede durar este matrimonio?

Se produjo un prolongado silencio, solo roto por el tictac de un reloj de pared y el rumor de la música procedente del salón.

–No puedo contestar a esa pregunta, pero si temes que me enamore de otra persona, no debes preocuparte.

Por una fracción de segundo, Lilah estuvo a punto de interpretar aquel comentario como una declaración de amor, pero se dio cuenta de que más bien había querido decir que enamorarse no entraba en sus planes.

No representaba un cambio, sino que así era como Zane conducía sus relaciones.

–No sería tan raro. Las mujeres se enamoran de ti constantemente.

Zane la miró indignado.

–Los periódicos sensacionalistas convierten en novias a todas las mujeres que me acompañan a algún acto. La única mujer que conozco que se ha enamorado de mí que yo sepa eres tú.

Lilah recibió aquel comentario como una puñalada.

–Lo que me convierte en una apuesta segura.

Zane la tomó por los brazos y el calor de sus manos le quemó la piel.

–Cuando te conocí eras virgen, y tu actitud hacia las relaciones es metódica y fría. Por eso confío en ti.

Lilah resistió la tentación de aproximarse a él.

No tenía sentido dejar que la pasión enturbiara el proceso. Ya habían hecho ese recorrido. Y lo que Zane le proponía era más parecido a un acuerdo entre socios que una relación.

La vibración del teléfono de Zane rompió el tenso silencio. Zane miró la pantalla con el ceño fruncido y pareció irritarse.

—He de irme. Tengo que hacer una cosa antes de que empiece la parte oficial de la velada.

# Capítulo Diez

Lilah volvió a la fiesta y circuló entre los invitados, charlando con compradores y proveedores. Miró la hora. Había pasado un buen rato desde que Zane se marchara. Miró a su alrededor, buscándolo. Salió a la terraza, pero tampoco lo encontró allí. De pronto se dio cuenta de que tampoco veía a Gemma, y que la última vez que la había visto había sido en el acceso hacia las habitaciones.

Como una autómata, Lilah salió en la misma dirección y pronto se encontró en uno de los corredores del castillo, donde la humedad de la piedra se filtró a través de la seda de su vestido, helándola. Se detuvo ante la puerta de Zane y alzó el llamador. El ruido de copas entrechocando le indicó que había alguien en el interior.

Una angustiosa sensación de haber vivido ya aquello se apoderó de ella. Llamó una, dos veces. La puerta se abrió súbitamente y desde dentro flotó una oleada de perfume. Gemma, con el cabello cayendo en cascada por su blanca piel y sujetando un negligé negro contra el pecho, la miró con una expresión vulnerable, casi de niña.

Lilah se dio cuenta de que también ella había tenido la idea de crear la atmósfera ideal para la seducción, y de pronto se sintió, por comparación, una mujer mayor. Con esa sensación, se evaporó la irritación que Gemma le había causado hasta entonces.

–Deberías darte por vencida e irte a casa. Con sexo no vas a conseguir que ni Zane ni ningún otro hombre se comprometa contigo.

–¿Y tú qué sabes?

Porque, aunque lo hubiera olvidado por unos días, lo había aprendido de su madre y de su abuela.

–Por lógica. Si no se ha enamorado de ti en dos años, dudo que vaya a pasar ahora.

Gemma se quedó muda, con expresión de perplejidad. Un segundo más tarde, le cerró a Lilah la puerta en las narices.

Lilah entró en su dormitorio y contempló el romántico escenario que había preparado. Como Gemma, estaba cometiendo el error de intentar que Zane la amara.

Al enamorarse, ella había cambiado, pero no había tenido en cuenta que quizá Zane no consiguiera superar el pasado.

Con un sentimiento de profunda desolación, llamó al aeropuerto y reservó un vuelo a que partía en una hora.

Llamó a un taxi y se cambió de ropa para estar cómoda durante el largo viaje. Con dedos temblorosos se quitó los pendientes y se recogió el cabello.

Se detuvo un instante a inspeccionar la habitación, por si olvidaba algo, hasta que se dio cuenta de que estaba actuando movida por la esperanza de que Zane apareciera.

Tomó aire para librarse de la presión que sentía en el pecho. No tenía tiempo para volver al hotel y recoger sus cosas. Tendrían que esperar a que volviera de sus vacaciones. Para entonces, Zane ya se habría ido, la tienda estaría casi terminada y la construcción de la fábrica, en curso. Tendría que entrevistar al futuro personal, lo que la mantendría ocupada y le ayudaría a no pensar.

Cuando llegó al porche, el taxi la estaba esperando. Una fresca brisa soplaba desde el mar y le arrancó unos mechones del moño. Miró la hora. Llegaría a tiempo.

La emoción la atenazó cuando el taxi partió del castillo. Seguía actuando impulsada por la adrenalina que le había ayudado a tomar la decisión de marcharse. Era la única salida.

No era alguien que aceptaba la botella medio llena, y menos aún, estando enamorada. Y se negaba a vivir una muerte lenta, como Gemma.

Dirigió la vista al frente, hacia la sinuosa carretera por la que el taxi avanzaba, rodeado de oscuridad. Ya no había marcha atrás.

Zane llamó a la puerta de Lilah y, al no obtener respuesta, entró. Bastó una mínima inspección para saber que se había ido.

Entró en su suite descorazonado, sabiendo que solo podía significar que Lilah rechazaba su oferta.

Pero en cuanto percibió el aroma al perfume de Gemma, adivinó lo que había pasado. Unos segundos más tarde, Gemma salió del dormitorio, vestida, pero con un revelador negligé en la mano que bastó para completar la escena.

Zane maldijo entre dientes e, ignorándola, pasó de largo, tomó su cartera y su bolsa de noche y preguntó:

–¿Cuándo ha pasado Lilah por aquí?

–Hará un cuarto de hora –dijo Gemma, avergonzada. Tras una pausa, añadió–: No te preocupes, no volveré a hacerlo.

Zane cerró la bolsa enérgicamente y fue hacia la puerta. No se sentía capaz de enfadarse con Gemma. Sin molestarse más, Zane bajó precipitadamente a la entrada.

Cuando salió al porche vio las luces traseras de un taxi perdiéndose en la lejanía. Llevaba un único ocupante. El ayudante de Constantine, Tomas, que recibía a los invitados rezagados, le confirmó que se trataba de Lilah.

Zane llegó al hotel y en cuanto comprobó que Lilah ni siquiera había ido a recoger sus cosas, dedujo que se había ido directamente al aeropuerto. Llamó por teléfono y preguntó por los vuelos que despegaban en la siguiente hora.

Hizo una segunda llamada. El grupo Atraeus poseía una cantidad significativa de acciones del aeropuerto. Las bastantes como para que Zane pudiera contar con su ayuda.

Llegó a los mostradores de las líneas aéreas en

un tiempo récord, y mientras hablaba con el asistente, apretó la caja de joyas que llevaba en el bolsillo y que había ido a recoger a la caja fuerte antes de que Lilah se fuera.

Ella lo amaba, y él solo le había ofrecido un matrimonio sin amor, un acuerdo que le permitiera mantenerse a salvo emocionalmente. Había sido una propuesta fruto de la cobardía. Llevaba tanto tiempo obsesionado con las veces que había sido traicionado en el pasado, que no se había dado cuenta de que había traicionado a Lilah. Y quizá la había perdido para siempre.

Lilah se unió a la cola de pasajeros de su vuelo.

Al oír una voz grave y profunda se volvió instintivamente, esperando ver a Zane. Hasta ese momento no se había dado cuenta de cuánto ansiaba que la hubiera seguido.

Parpadeando para contener las lágrimas, fijó la mirada en la pantalla de información, que indicaba un retraso en el vuelo. A su espalda, se produjo un murmullo y se oyó una voz tan parecida a la de Zane, que decidió ignorarla.

–¡Oiga! –dijo alguien, airado.

Lilah volvió la cabeza y su mirada se encontró con la de Zane, que clavaba sus ojos en ella con gesto de tensa determinación.

–Yo no invité a Gemma. Nunca ha habido nada entre nosotros. Solo era una acompañante de conveniencia.

Lilah comprendió.

–¿Por qué has venido a buscarme?

–Por lo mismo que necesitaba protegerme.

Se oyó por los altavoces el anuncio de un retraso añadido en el vuelo y Lilah ató cabos.

–¡Has pedido tú que se retrasase!

–Para algo tenía que servir ser un Atraeus.

Lilah intentó no dejarse llevar por la esperanza y, desviando la mirada, preguntó:

–¿Por qué lo has hecho?

–Porque tengo que preguntarte algo muy importante.

–¿El qué?

–Es… privado.

Lilah notó que el pasajero de detrás la empujaba, pero subir al avión había dejado de ser una prioridad. Aun así, se resistía a alimentar sus esperanzas.

–Zane, no puedo aceptar una relación temporal. Quiero un compromiso estable.

–Y yo soy perfectamente capaz de dártelo –dijo Zane, frunciendo el ceño–. Desde que te conocí no ha habido ninguna otra mujer.

Lilah lo miró atónita.

–¿Quieres decir que no te has acostado con nadie?

Zane la tomó por la cintura y bajó la voz.

–¿Tanto te cuesta creerlo?

Lilah estaba tan aturdida que no protestó cuando Zane la hizo salir de la cola.

–No. Sí…

–No miento.

Lilah tragó saliva. Eso explicaba que Zane hubiera perdido el control en Sídney. Poco a poco, su determinación de mantenerse fría y distante se fue debilitando.

–¿Por qué yo entre tantas mujeres? –preguntó, necesitando certezas.

Zane resopló. Lilah nunca lo había visto tan alterado.

–Porque eres preciosa; porque tenemos mucho en común: el trabajo, el arte, nuestro pasado. Me gustas. Te deseo.

Lilah sintió que se le encogía el corazón. Gustar y desear no era lo mismo que amar.

Zane sacó la caja de terciopelo del bolsillo y mostró una sortija. Lilah reconoció al instante la antigua joya de diamantes y esmeraldas. Era espectacular.

Tuvo que tomar aire para fortalecer su voluntad sabiendo que Zane iba a repetir su oferta de matrimonio.

–Has elegido una sortija a la que sabes que me costaría resistirme.

–Haría lo que fuera para conseguirte.

–¿Y si te dijera que no?

–Insistiría todo lo que hiciera falta.

Una vez más, el tono impersonal de Zane abatió a Lilah. Hasta que de pronto vio con claridad.

A los trece años, Zane habría usado ese tono en las calles, para protegerse de las bandas, cuando la policía lo detenía, cuando los asistentes sociales lo llevaban de una casa a otra, con su madre, cuando esta decidió volver a buscarlo.

No era la prueba de que no le importaba, sino todo lo contrario. La angustia que reflejaba su rostro, su palidez, la fuerza torpe con la que le tomó la mano izquierda… Una emoción intensa estuvo a punto de hacer llorar a Lilah al ver el alivio que Zane le transmitió con su mirada cuando ella no le rechazó.

Entonces él le puso el anillo, que encajó en su dedo a la perfección. Lilah observó los centelleantes diamantes, el verde intenso de las esmeraldas y el engarce atemporal. Pero más que el objeto en sí, fue consciente del riesgo que Zane acababa de asumir en su corazón, tan dolorido y tan maltratado durante tantos años.

Se dio cuenta de que la joya pertenecía a la histórica colección Illium, parte del botín del antepasado corsario de Zane.

Hacía juego con el brazalete que había intentado regalarle con anterioridad. Lilah tragó saliva al darse cuenta de que ya entonces Zane había querido hacerle entender. La colección constituía una dote nupcial, y era una herencia familiar. Como diseñadora, sabía bien el significado de las joyas: pureza, eternidad y amor.

Miró a Zane a los ojos, que le devolvió una mirada tan dulce y llena de ternura.

—Pertenece a tu familia —susurró.

—Y así quiero que siga siendo, si es que accedes a casarte conmigo —Zane le tomó las manos y añadió–: Quería habértelo dado antes de la fiesta de esta noche. Por eso me fui. Necesitaba que Constantine, que tiene la combinación de la caja fuerte, me lo diera.

Lilah se emocionó al saber que Zane había querido que llevara la sortija delante de toda su familia y socios.

–Es una preciosidad.

El dolor que había sentido al pensar que Zane no estaba realmente interesado en ella, se diluyó.

–Claro que me casaré contigo.

Con un resoplido de alivio, él la estrechó en sus brazos.

–¡Gracias a Dios! No sé qué habría hecho si llegas a rechazarme –apoyó al cabeza en la de ella–. Te amo.

Y la besó.

# *Epílogo*

Un año más tarde, Zane acompañaba a la que era su esposa desde hacía diez meses a la inauguración de la nueva filial de Ambrosi Pearls en Ambrus, que se celebraba con una gran fiesta a la que acudían las familias Atraeus y Ambrosi, así como numerosos clientes y, por supuesto, la prensa.

Constantine y Sienna estaban con su preciosa niña, Amber.

Lucas y Carla, que llevaban varios meses casados, acababan de volver de unas prolongadas vacaciones. Parecían felices y relajados, y Zane pensó que no tardarían en tener familia.

Lilah le apretó la mano y, mirando el reloj, dijo:

–Es hora de empezar.

Vestida con un vestido rosa pálido y con el cabello recogido, subió al estrado y dio la bienvenida a los invitados. Tras un breve resumen de la historia de Ambrosi Pearls, le tocó el turno a Octavia Ambrosi, la tía abuela de Sienna y Carla.

Conocida afectuosamente como Via, era hermana de Sebastien, vivía en Ambrus con él cuando estalló la guerra, y fue testigo de la brecha que se había abierto entre las dos familias tras la desaparición de Sophie y de las joyas.

En el momento en que la ayudaron a acercarse hasta la cinta de raso blanco, que cortó con gran solemnidad, los últimos rayos del sol refulgieron con un resplandor dorado.

Durante la celebración, a Lilah le sorprendió ver a Carla ir directamente hacia ella. Desde la tensión que había estallado entre ellas cuando Lilah aceptó la invitación de Lucas, apenas habían coincidido. Carla la abrazó y le dio un estuche de cuero con aspecto antiguo.

–Pertenecía a Sebastien –explicó–. Y ya que Zane y tú vais a vivir en la villa, he pensado que debíais tenerla.

Zane le pasó el brazo por los hombros a Lilah a la vez que ella abría el estuche. Sus ojos se abrieron desmesuradamente y se le llenaron de lágrimas al ver la copa de plata de bautismo con el nombre de Sebastien grabado.

Carla miró la copa con ternura.

–No tiene ningún valor económico…

–¿Cómo lo sabes? –la interrumpió Zane.

–¿Que Lilah está embarazada? –dijo Carla, sonriendo con complicidad–. Pura intuición. Por la felicidad que irradiáis.

Lilah intentó devolverle el estuche.

–Es un tesoro familiar.

Carla sonrió a la vez que Lucas se unía ellos, seguido de Sienna y Constantine, con Amber, adormecida, en sus brazos.

–Ya eres de la familia.

## Máximo placer
### DANI WADE

Ziara Divan había trabajado muy duro para ganarse un puesto en la firma de trajes de novia más prestigiosa de Atlanta, por lo que, cuando su nuevo jefe, Sloan Creighton, intentó seducirla, no lo aceptó, aunque este fuera irresistible.

Sloan estaba acostumbrado a salirse con la suya. Pensaba recuperar el control de la empresa de su padre y conseguir a esa mujer pero, cuando sus planes empezaron a encajar, el pasado de Ziara amenazó con hacerlos fracasar.

*¿Lograría resistirse a la tentación de su jefe?*

## ¡YA EN TU PUNTO DE VENTA!

# Acepte 2 de nuestras mejores novelas de amor GRATIS

## ¡Y reciba un regalo sorpresa!

## Oferta especial de tiempo limitado

**Rellene el cupón y envíelo a**
**Harlequin Reader Service®**
3010 Walden Ave.
P.O. Box 1867
Buffalo, N.Y. 14240-1867

**¡Sí!** Por favor, envíenme 2 novelas de amor de Harlequin (1 Bianca® y 1 Deseo®) gratis, más el regalo sorpresa. Luego remítanme 4 novelas nuevas todos los meses, las cuales recibiré mucho antes de que aparezcan en librerías, y factúrenme al bajo precio de $3,24 cada una, más $0,25 por envío e impuesto de ventas, si corresponde*. Este es el precio total, y es un ahorro de casi el 20% sobre el precio de portada. !Una oferta excelente! Entiendo que el hecho de aceptar estos libros y el regalo no me obliga en forma alguna a la compra de libros adicionales. Y también que puedo devolver cualquier envío y cancelar en cualquier momento. Aún si decido no comprar ningún otro libro de Harlequin, los 2 libros gratis y el regalo sorpresa son míos para siempre.

416 LBN DU7N

| | |
|---|---|
| Nombre y apellido | (Por favor, letra de molde) |
| Dirección | Apartamento No. |
| Ciudad | Estado        Zona postal |

Esta oferta se limita a un pedido por hogar y no está disponible para los subscriptores actuales de Deseo® y Bianca®.
*Los términos y precios quedan sujetos a cambios sin aviso previo.
Impuestos de ventas aplican en N.Y.

SPN-03                                              ©2003 Harlequin Enterprises Limited

# Bianca.

«Sigo las reglas, pero las mías».

Poppy Silverton era tan auténtica como el pueblo in-
glés donde regentaba un
salón de té. Pero su hogar,
su medio de vida y su inocencia corrían peligro.
Rafe Caffarelli era un play-
boy multimillonario, y estaba decidido a comprar la
casa de Poppy.
Ella no estaba dispuesta a
desprenderse de lo único
que le quedaba de su in-
fancia y su familia, por lo
que se enfrentó a Rafe y a
la atracción que sentía
por él. Y fue la primera
mujer que le dijo que no a
un Caffarelli.

Mi corazón no está en venta

Melanie Milburne

# *Deseo*

## Corazón de hierro
### DIANA PALMER

El ranchero Jared Cameron era un verdadero misterio para todos los habitantes de Jacobsville, Texas… y a él le gustaba que fuera así. Solo la dulce Sara, una vendedora de libros, se atrevió a inmiscuirse en su soledad, pero lo hizo únicamente para decirle que el libro que más se ajustaba a su personalidad era alguno sobre ogros.

Fascinado por su audacia, Jared sedujo a la sencilla librera; Sara no tardó en encontrarse inmersa en las secretas intrigas que rodeaban a Jared y él descubrió que debía librar una gran batalla: debía luchar por el amor.

*El duro vaquero estaba a punto de enfrentarse a la pelea de su vida…*

## ¡YA EN TU PUNTO DE VENTA!